光文社文庫

文庫オリジナル／長編青春ミステリー

うぐいす色の旅行鞄

赤川次郎

KOBUNSHA

光　文　社

『うぐいす色の旅行鞄』目　次

●主な登場人物のプロフィルと、これまでの歩み

第一作『若草色のポシェット』以来、登場人物たちは、一年一作の刊行ペースと同じく、一年ずつリアルタイムで年齢を重ねてきました。

杉原爽香《すぎはらさやか》……大学を四年前に卒業した二十七歳。誕生日は、五月九日。名前のとおり爽《さわ》やかで思いやりがあり、正義感の強い性格。中学三年生、十五歳のとき、同級生が殺される事件に巻き込まれて以来、様々な事件に遭遇《そうぐう》する。大学を卒業して半年後の秋、殺人事件の容疑者として追われていた元B　F《ボーイフレンド》・丹羽明男《にわあきお》を無実と信じてかくまうが、真犯人であることを知り、自首《じしゅ》させる。爽香はこの事件を通して、今なお明男を愛していることに気付く。現在、高齢者用ケア付きマンション〈Pハウス〉に勤めている。

丹羽明男……中学、高校、大学を通じての爽香の同級生。優しいが、優柔不断《ゆうじゅうふだん》な性格。大学進学後、爽香と別れて刈谷祐子《かりやゆうこ》と付き合っていたが、大学教授夫人・中丸真理子《なかまるまりこ》の強引《ごういん》な誘いに負けてしまう。祐子を失ったうえに、就職に失敗する。真理子を殺した罪で服役《ふくえき》していたが、おととし仮釈放された。

河村布子《かわむらきぬこ》……爽香たちの中学時代の担任。旧姓・安西《あんざい》。着任早々に起こった教え子の殺人事件で知り合った河村刑事と結婚して八年。現在も爽香たちと交流があり、良き相談

相手となっている。ふたりの子供——爽子《さわこ》と達郎《たつろう》——がいる。

河村太郎《たろう》……警視庁の刑事。事件に巻き込まれた爽香のために、いつも奔走《ほんそう》する。

刈谷祐子……大学時代の明男の恋人。就職した〈G興産《こうさん》〉で出会った田端将夫《たばたまさお》と、昨年七月に結婚した。

田端将夫……現在、〈G興産〉社長。祐子と交際中も、爽香に好意を寄せていた。

栗崎英子《くりさきひでこ》……三年前、子供たちが起こした偽装誘拐《ぎそうゆうかい》事件に巻き込まれた。六十九歳。かつて女優として大スターだったが、爽香の助けもあって、映画界に復帰。〈Pハウス〉に入居している。

相良栄子《さがらえいこ》……英子の旧友。かつて映画のメーク係をしていたが、英子とともに現場に復帰した。七十一歳。英子と同様、〈Pハウス〉の入居者。

杉原成也《しげや》……爽香の父。爽香が十八歳のとき、脳溢血《のういっけつ》で倒れたが、リハビリを重ね、関連会社の事務の職で仕事を再開している。

杉原真江《まさえ》……爽香の母。爽香の無鉄砲《むてっぽう》さをハラハラしながら見守っているが、そういう爽香の良き理解者でもある。

杉原充夫《みつお》……爽香の十歳上の兄。三児の父。妻の則子《のりこ》は、爽香と一時絶縁状態だった。

丹羽周子《かねこ》……明男の母。ふたり暮らしだったせいか、明男を溺愛《できあい》している。爽香を嫌《きら》っていたが、明男の事件をきっかけに態度が和《やわ》らぐ。

浜田今日子《きょうこ》…爽香の同級生で一番の親友。美人で奔放《ほんぽう》かつ成績優秀。現在、医師。

——杉原爽香《さやか》、二十七歳の秋

プロローグ

「どれがいい？」

丹羽明男《にわあきお》は、ズラリと並んだ旅行鞄《りょこうかばん》——ハードなタイプもあれば、ソフトな布製の物もある——を眺めて言った。

「明男は？」

と、杉原爽香《すぎはらさやか》が言った。「どうせ持つのはほとんど明男だよ」・

「うん、そうか……」

と、明男は腕組みして、「色男、金と力はなかりけり、だからな」

「自分で言うな」

と、爽香は笑いながら肘《ひじ》でつついた。

「海外旅行ってわけじゃないしな。そんなにガチガチの丈夫なのでなくても……」

「そう。ハードタイプはそれだけで重いし」

爽香は小さいものから大きい方へ順に並んでいるのを見ながら、「大きさは……これくらいかな」

「そんなにでかいの?」

「だって一週間でしょ。二人分の着替え、それに秋ったって山の中は寒いからセーターくらいないと」

爽香は、鍵《かぎ》の具合などを確かめた。

ハネムーンは手近な温泉で。――年が明けたら、ヨーロッパへ旅しようということになっている。

「ヨーロッパにも持っていけるもの、となると、布製でも、ちゃんと鍵がかかって丈夫でないとね」

なかなか「ちょうどいい」というものはない。

ふと――黄色とか赤とか、派手な原色のスーツケースの間から、少しくすんだ黄緑色のバッグが顔を出していた。

気に入る物は、向うから「呼んでくる」ものだ。

正に、その旅行鞄は爽香を呼んでいたのである。

「――これだ!」

と、しっかりと分厚い革の取手をつかみ、持ち上げる。布地は分厚そうだが、意外に軽い。

それに、トランクやスーツケースは鍵といっても、すぐ壊れそうなきゃしゃなものが多い中、これはかなりがっちりとした鍵がついている。

「これ?」

「どう? 持ってみて」

「——うん、軽いな」

と、明男は肯《うなず》いた。

「布だとかなり詰め込んでもいいしね。——これに決定!」

爽香は売場の女性を呼んで、

「これ、お願いします」

と言った。

「在庫から出して参りますので、少しお待ち下さい」

と言われて、二人で売場をふらつく。

すぐ隣には〈旅行用品コーナー〉があって、

「ちょっと覗《のぞ》いて行こうね」

と、爽香は言った。

「うん、だけど……」

「何?」

「本当に、一週間したら結婚するんだな」

「これが夢でもなきゃね」

「いざとなると、信じられないみたいだ」

明男にとっては、なおさらだろう。

「そんなこと言って、逃げようたって、そうはいかない」

と、爽香は明男の腕にしっかりと自分の腕を絡《から》めた。

「仕事、休めそうか？」

「三か月前から言ってあるもの。それに、応援してくれる人が大勢いる。今さらやめました、なんて言えないよ」

「そうだな」

明男は肯いて、「いや——分ってるんだ、俺も」

「何が？」

「これが本当のことだって。ただ、あんまり恵まれてるからさ」

「柄《がら》にもないこと言って！」

と、爽香がからかうと、明男は思わず笑った。

「——お待たせいたしました」

売場の女性が、新品の旅行鞄を出して来た。「こちらの、うぐいす色のでよろしいですね」

「はい」

爽香は財布を取り出した。

ちょうど同じころ、道を挟んで向い側のデパートの一階、スーツケースやトランクの並ぶ売場で——。

「これがいいんじゃないか」

「地味だけど……いいわね」

と、女性の方が言った。「これ、何色っていうのかしら?」

売場の女性が、

「うぐいす色でございますね」

「ああ、うぐいす色か……。そうだな」

と、男は肯《うなず》く。「いいよ。派手な色はあんまり……」

「とてもしっかりした作りでございますので、何年もお使いいただけます」

——何年も、と聞いて、男と女はチラッと目を見交わした。

「じゃ、これを」

と、男が言って、カードを取り出した。

女がそっと男の手に自分の手を絡める。

「——本当にいいのね」

「ああ」

「嬉《うれ》しいわ」

囁《ささや》くような声だった。

女店員は、

「在庫を見て参りますので、少しお待ち下さい」

と言って、売場の奥へと入って行くと、「――ね、あの二人」

と、同僚の肩を叩《たた》いた。

「何?」

「今、売場にいる二人、どう思う?」

覗いて、

「男は……四十過ぎ」

「女の方は二十四、五よね」

「もっと若いかも」

「どう見ても夫婦じゃないし、様子から見て、親子でもないいし」

「決りね。不倫だ」

「しっ! 大きい声出すと聞こえるよ」

在庫から新品を出して、「――地味なバッグを選んだところも、いかにもね」

売場へ戻って行くと、何食わぬ顔で、

「こちらでよろしいでしょうか」

「結構です」

と、男の方が肯く。

「では、少しお待ち下さいませ」

カードの処理をしている間も、女店員の目は、二人のしっかりとつないでいる手を見ていた。

人目があるのに……。よくやるわよね！

「考えてみたら……」

「何だい？」

「いえ……。考えてみたら、二人で買物するのって、初めてかもしれないわ」

「——そうかな」

「そうよ」

と、女性の方が言った。「あなたの誕生日のプレゼントとか、一人で買ったことはあるけど、二人で一つの物を選んで買うなんて、これが初めて」

「旅行鞄が初めての買物か」

「いいじゃない。最初で——最後ね」

握り合う手に、力がこめられた。

「――お待たせいたしました。こちらにサインをお願いいたします」

「ああ……」

二人の手が離れる。

カードの伝票にサインしている男へ、女店員が、

「ご旅行にはいい季節でございますね」

と言った。

黙っていられなかったのである。

「え？　――ああ、そうだね」

「どちらへ？」

これは出すぎた問いだったが、

「紅葉を見にね」

と、男は律儀《りちぎ》に答えた。

「すてきですね」

可愛《かわい》い方とご一緒に。――そう言ってやりたいのを、何とかこらえて、

「ありがとうございました」

と、女店員は品物を渡したのだった。

この日、ちょうど同じころに全く同じ旅行鞄が二つ、道を挟《はさ》んで向い合うデパートで売れた。売れ筋の品物ならともかく、地味なうぐいす色の布製の旅行鞄、ということを考えると、それは珍しいことに違いなかったのだが……。

1 旅路へ

「出張?」

冴子《さえこ》が眠そうな顔で出て来て、「そんなこと、ゆうべの内に言っといてくれなきゃ」

「ああ、いいんだ。自分で分るよ」

柳原邦也《やなぎはらくにや》は、ついタンスの引出しをガタガタいわせてしまい、妻を起してしまったのである。

「昨日、急に言われたんだ」

と、柳原は言いわけめいた口をきいた。「悪いな」

冴子の方が手早い。

「何泊?」

「あ、ええと……三泊」

「三泊ね。どこへ行くの? 場所によっちゃ、暖い下着がいるわ」

「そうだな。――じゃ、一枚入れてくれ。必要なら着る」

「こんな古いボストン出さなくても、もっと新しい鞄があるじゃないの」

「そうだっけ？　とりあえずそれが目についたんだ」

「別に構わないけど。――洗面道具を入れてね、自分で」

と、冴子は言った。

「分った。――ありがとう」

「もう一回寝るわ」

と、冴子は欠伸《あくび》しながら、ベッドへ。

柳原はそっと胸をなで下ろした。――あれこれ詳しく訊《き》かれたら、答えられずにボロが出てしまうところだった。

何しろ、嘘《うそ》をつくことには慣れていない。

冴子も、半分眠っているような状態だったので、そこまで考えなかったのだろう。幸運と言うべきか――。いや、「幸運」か「不運」か、そこは意見の分れるところかもしれない。

「――じゃ、行ってくる」

と、一応声をかけたが、冴子は何も答えなかった。

何だか少し寂しいような、それでいてホッとしたような気分で、柳原は玄関を出た。

穏《おだ》やかな天気である。――秋空はよく晴れ上って、雲もほとんど見当らない。

古びたボストンバッグを手に、柳原はバス停への道を、ゆっくりと歩いて行った。

考えてみれば、いつもせかせかとこの道を歩いて来た。もう十五年近くも。

それというのも、バス停はちょうど正面に見えているのだが、T字に交わる広い通りは全く見えないので、バスが近くに来たかどうか、分らないのである。

少しゆっくり歩いて行くと、急にバスが来て、あわてて駆け出すはめになる。急いで行くと、バスの影も見えない。――人生とはそんなものである。

別に、バス一台、乗り遅れても会社に遅刻するわけではないのに、毎朝この道を行くとき、柳原は「今にもバスがやって来るかもしれない」という思いで心臓が胸苦《むなぐる》しいほど高鳴るのだった。

しかし――もうそれも今日からは心配しなくていい。

わざとゆっくり歩いてみる。せかせかと追い越して行く、自分と同様のサラリーマンたちを、柳原は余裕の目で見送って――しかし、自分も昨日まではああ見えていたのだろうと思ったりした。

今日はタイミング良く、バス停に並ぶとちょうどバスがやって来た。

駅までは二十分ほどだが、途中むろん乗ってくる一方で、降りる客はいない。

どんどん混んでくるので、柳原は奥の方へ足を進めた。みんな駅前に着いたとき、早く降りられるように、出入口の辺りで動かないのである。

柳原だって、いつもそうそう余裕があるわけではないが、今日は急ぐ必要がない。ずっと奥の方まで入って行った。

「——柳原さん」

と、呼ばれて戸惑《とまど》う。

空耳か？　周《まわ》りを見回しても誰も知った顔はない。

「——柳原さん、ここです」

はっきりと聞こえ、振り向いた柳原は、何と今日に限って、いつもはまず会うことなどない同僚が座って手を上げて見せるのを眺め、愕然《がくぜん》とした。

「あ……。おはよう」

「おはようございます」

河野健《こうのけん》は会釈《えしやく》して、「柳原さん、座って下さい」

と立ち上った。

「いや、いいよ、君、座ってれば——」

「これから混んで来ますよ。さ、どうぞ」

河野は、柳原より確か七、八歳若い。まだ四十前だろう。

柳原だって、四十六だ。席を譲られるほどの年齢ではないが、河野からすれば、やはり自分だけが座っているわけにいかないのだろう。

「柳原さん、ご出張ですか？」

と、河野はボストンバッグを見て言った。

「いや、これは——」

と言いかけて、「ま、実はそうなんだ。急なことでね」

出張ということにしないと、河野と一緒に会社まで行くはめになってしまう。しかし、出張の詳しいことでも訊かれたら、たちまちボロが出てしまう。柳原はスラスラと出まかせの言える人間ではないのだ。

「いや、しかし……忙しそうだね」

と、柳原はトランプのジョーカーみたいな（どこにでも使える）話題を持ち出した。

「ええ、そうなんですよ！　忙しい割には収益が上らないのにね。社長は何を考えてるんだか……」

うまく柳原の話にのって来た。

ホッとして、柳原は腕時計を見た。——大丈夫。充分に時間はある。

「この間もね、営業の連中と飲んだんですが、ともかく出るわ出るわ……。社の方針へのグチの山、って感じでしてね」

一旦はまってしまったので、こうなると河野の話も尽きることがない。

柳原は、適当に肯きながら、ろくに話を聞いてはいなかった。幸い、通勤ラッシュのバスの中だ。河野もさすがに話を途中でやめた。

駅前に着くと、柳原は、

「じゃ、僕はここから別の線に乗るから」

と、河野に言った。

「あ、行ってらっしゃい。お気を付けて」

「ありがとう。――先に降りてくれ。僕はゆっくり降りるから」

「じゃ、失礼します」

バスの乗降口は、急いで降りようとする乗客で押し合いになっている。――ああして、会社に九時五分前くらいに着き、あくせく働く。

本当に、よく働くな、人間は。

柳原自身、つい二年ほど前まではああして他人を押しのけて改札口へと急いだものだ。しかし――胃の痛みを、市販の薬で何とか抑えようとする内に血を吐き、入院した。

医者からは「一か月の入院」と言われたのを二週間で強引に退院した。

しかし――会社へ出た柳原は、既に自分が閑職へ回されていることを知って愕然とした……。

これが柳原の人生観を大きく変えた。

一気に老け込んで、疲労が熱意を冷やしていく……。

そして――そんなときに出会ったのが、国井涼子《くにいりようこ》だったのである。

――柳原は、バスから一番最後に降りた。

そして、待ち合せまでの時間、どこにいようかと迷って、ぼんやりと立ちすくんでいた……。

まだ一時間もある。いつも待ち合せに遅れてくる涼子だ。今日も大方《おおかた》……。

そのとき、柳原は駅へ向ってせかせかと歩いてくる通勤の人波の合間に、チラッと涼子を見たような気がした。

でも……まさか！

しかし、それは見間違いではなかった。

涼子が、あの、二人で買ったうぐいす色のバッグをさげてやって来る。

涼子の方も、柳原に気付いて、嬉《うれ》しそうに、満面の笑みを浮かべると、大きく手を振った。

柳原も手を振り返した。

涼子が駆け出して来る。――二十四歳の、あの宝石のように明るい子が、自分に向って駆けて来る。

柳原は自分の幸運が信じられなかった。

「やっぱり、もう来てた！」

と、涼子は息を弾ませて言った。

「早いね、今朝《けさ》は！　どうしたんだ？」

「だって、一回ぐらい言ってみたかったんだもん。『遅いじゃないの！　何してたのよ！』って」

柳原は笑って、

「そりゃ悪かったな。でも、こっちはいつもより少し遅く出たんだよ」

「時間、あるわね」

「ああ、持て余すくらいだ」

「じゃ、もう東京駅へ行きましょ」

「そんなに早く？」

「旅の気分を味わいたいの」

と、涼子は言った。

「待って。その前に荷物を一つにまとめよう」

「私がやるわ。そっちのを、これに移せばいいんでしょ？」

「あなたが女の子の下着なんか詰めかえてて人に見られたら、痴漢《ちかん》と思われる」

「うん、でも……」

「それもそうか。――そんなこと、考えなかったな」

「それ、貸して。この新しいバッグ、まだいくらでも入る」

と、涼子は柳原の古ぼけたバッグを受け取ると、二つのバッグをさげて女性用化粧室に入って行った。
五、六分で出て来た涼子は、もう、うぐいす色の新しいバッグ一つだけ。
「まだ、お弁当やお菓子がいくらでも入るよ」

「太っちまいそうだな」

「もうダイエットなんて気にしなくてもいいし。嬉しいわ」

二人は、改札口を入ると、通路を歩いて行く。

「――ちゃんと、後のことはやって来たかい？」

「もちろん」

「ガスの元栓は？」

「閉めた」

「お風呂の水」

「抜いた」

「家賃」

「テーブルの上に、封筒に入れて置いてある」

「少し足した？」

「うん。『電気、水道、ガスの料金を、これで払って下さい』って書いて、一万円多く入れた」

「新聞は？」

「先月で断った」

「植木に水」

「やった。でも、後、誰かが面倒みてくれるかな」

「さあ……」

「誰かにあげようかと思ったんだけど、それも変でしょ。邪魔が入るといやだし」

「よし、良くやった」

「でもね――」

「何だ？」

「冷蔵庫の中の牛乳、捨てて来るの、忘れちゃった」

と、涼子は言った。

二人は、軽《かろ》やかな足どりで、ホームへの階段を上って行った。

2　留守

「これが栗崎《くりさき》さん。——これが相良《さがら》さんね。相良さんは、心臓病があるから、食事に要注意ね」

杉原爽香は、細かく書いたメモを説明して、「じゃ、よろしくね」

と、同僚に言った。

「はい。心配しないで、ゆっくりして来て」

「ありがとう。——他になかったかな」

と、爽香は考え込んだ。

「夜中になっちゃうわよ」

と、よく通る声が、〈Pハウス〉のロビーに響いた。

「あ、栗崎様。お帰りなさいませ」

と、爽香は頭を下げた。

「明日結婚するって人が、何してるの、こんな遅い時間まで」

と、栗崎英子《ひでこ》は苦笑して、「扱いにくい客のことを説明してたんでしょ」

「そんな方は一人もおられません」

「よく言うわよ」

栗崎英子は笑って、ロビーのソファに腰をおろした。

「相良様は——」

「別の車だったから。もう来るでしょ」

「じゃ、私もお待ちしてます」

と、爽香はソファに浅く腰をかけて、「撮影、いかがですか」

「今の監督はものを知らないわね。歌舞伎座《かぶきざ》のロケで、『音羽屋《おとわや》!』って声がかかったら、『尾上《おのえ》じゃないの?』だって。——菊五郎《きくごろう》が音羽屋だってことも知らないんだから」

と、英子は首を振って、「ま、それでもスタッフがね、頑張ってる」

かつての大女優、栗崎英子は、映画の世界から引退して、このケア付きの高級マンション〈Pハウス〉へ入居して来た。

しかも、たまたまかつて英子の〈メーク係〉として仲良しだった相良栄子《えいこ》とここで出会ったのだ。

心臓を病んで、寝たきりになりかけた栄子のために、爽香は〈Pハウス〉の親会社の社長、田端将夫《たばたまさお》からコネを頼って、英子を再び映画に出演させることにした。相良栄子は、

「英子ちゃんのメークは私しかできない!」

と、とたんに元気になって、撮影所へ毎日通うようになったのである。

爽香の計画は図に当ったが、少し当り過ぎて、その映画の好評で、英子はまた方々から、出演を依頼されることになった。

ともかく、栄子を立ち直らせようと、ノーギャラで出た映画「幽霊の径《みち》」で、英子は七つもの助演女優賞をとってしまい、栄子までも「功労賞」を受けたのだった。

おかげで、すっかり二人とも「売れっ子」状態。

「でも、爽香さん」

と、英子は言った。「あなたには本当に幸せになってほしい。——私も栄子も、こんなにお世話になって……」

「そんなこと……」

「あなたがいなかったら、栄子はとっくにこの世にいないだろうし、私も、すっかり老け込んでたでしょうね。——年寄りも映画には必要なの。それが分っただけでも、長生きして良かったわ」

「そうおっしゃっていただくと、嬉《うれ》しいです」

と、爽香は言った。「でも、相良様の心臓が心配です。ずいぶんお忙しくされているので」

「おまけに、酒まで飲んでるしね」

と、英子は笑って、「でも、あなたが気をもむことないわ。栄ちゃんは、いつ死んでも本望よ。病院のベッドでなく、撮影所のスタジオで死なせたいわ」

「本当にそうなりそうで……」

と、爽香が言いかけたとき、正面玄関に車が着いて、相良栄子が降りて来た。

爽香が飛んで行って、

「お帰りなさいませ。相良様」

「あら、まだいたの？　呑気《のんき》ねえ」

と、栄子は爽香の肩を叩《たた》いて、「早く帰って寝なさい。明日は大変よ」

「あんたこそ、夜ふかししちゃだめよ」

と、英子は言った。

「英子ちゃん！　ね、私、思い付いたことがあるの！」

と、栄子は急いで英子のそばへ行くと、「来週のシーンね、あのときのメーク、迷ってたんだけど、閃《ひらめ》いたの！　聞いて！」

もう七十を過ぎているというのに、栄子は映画の仕事をしているのが楽しくて仕方ないらしい。

好きな仕事に熱中する。——その姿勢に、爽香は「プロ」の爽《さわ》やかさを感じた。

夢中で話し込んでいる二人を後に、爽香はそっと〈Ｐハウス〉を出た。

ところが、数歩と行かない内に、

「爽香さん！」

と、栄子が追いかけて来た。

「走らないで下さい！」

と、爽香はあわてて言った。

「大丈夫よ。——ハネムーンって、温泉だったわよね」

「そうです。一週間で戻りますので——」

「何言ってんの。文句じゃないわよ。今ごろ、紅葉してきれいでしょうね」

「はい」

「おみやげはいらないわよ」

と言って栄子は笑った。「——姓はどうするの？」

「明男の方が、どうしても私の姓にしたいと言って」

「そう。——ともかく頑張って」

「ありがとうございます」

と、爽香は礼を言った。

栄子が〈Pハウス〉へ戻って行く。

爽香はホッと息をついて、夜の道を急いだ。

3 逃亡者

「参ったな」

と、課長がこぼした。「——おい、柳原君は？」

「何ですか？」

と、河野は席を立って、「まずいことでも……」

「この会合の日付が分らないんだ。経理の方から、今日中に決済してくれと言われてる。柳原君が知ってるんだが……」

「じゃあ……訊《き》いて来ましょうか」

「確か今日休んでたろう」

「いえ、出張のはずです。連絡つくんじゃないですか？」

課長の北山《きたやま》は眉《まゆ》をひそめて、

「出張？　柳原に出張するような仕事なんかないと思うがな」

「ともかく行ってみます」

河野は、その書類を手にして、課を出た。

フロアを一つ上るのだが、エレベーターを待つのも面倒で、階段を上りかけると、

「もう少し待って下さい、お願い」

という女性の声が上から聞こえて来た。

「約束は約束だ。分ってるだろ」

ぶっきらぼうな言い方は、ここの社員ではない。

「でも——あれだけじゃ大したお金になりません。少し待っていただければ、必ず全額お返しします」

——あの声は、どうやら……。

河野は、足音をたてないように階段を上って行った。

「いつ返すのか、はっきりしてもらおうじゃないか。ええ?」

「大きな声を出さないで下さい!」

と、永山治代《ながやまはるよ》が言ったが、

「誰がいけないんだ?　誰のせいで、俺が大声を出さなきゃいけねえんだ?」

相手の思《おも》う壺《つぼ》だ。

「私の……せいです」

と、消え入りそうな声。

「そうだろう？　分ってるならいいんだ」

と、男は笑って、「じゃ、一週間待ってやる。それで返せなきゃ、例の仕事をしてもらうぜ」

そう言って男はエレベーターホールの方へ立ち去ったらしい。

聞いていた河野は、そっと階段を上って行った。

やはり、永山治代が手すりにもたれて、うなだれている。

「——永山君」

と、河野が呼ぶと、治代がびっくりして、

「河野さん……」

と、あわてて涙を拭《ぬぐ》う。

「いや、ごめんよ。聞くつもりじゃなかったけど、耳に入って……」

「お願い！　黙ってて下さい」

永山治代は経理の主任というポストにいる。二十九歳だが、高卒なので、もう十年以上のベテランだ。

「しゃべりゃしないよ」

と、河野は肯《うなず》いて、「今のは取り立て？」

「借金が……。みっともないんですけど」

「君が借金なんて……。君って、むだづかいなんかしない人じゃないか」

至って地味なタイプなのだ。

「私のじゃないんです。——弟が遊びで使ったお金なの。当人はどこかへ逃げてしまって……」

「そりゃ気の毒に」

河野はちょっと辺りをうかがって、「いくら借りてるんだい？」

「利子と合せて三百万ですって。——弟は百万しか借りてないって言うんだけど」

「そういうからくりなんだよ。でも——一週間で返せと言ってたね」

「ええ……。三百万円なんて、どうやって作ったらいいのか」

と、治代はため息をついた。

「そのために、また借金したりしちゃだめだよ。もっとふくれ上るだけだ」

「分ってますけど……」

と、口ごもり、「返せなかったら、夜、風俗の店で働けって……」

「ひどいことを言うなあ」

河野は眉をひそめて、「でも——君、そうするつもり？」

「いやです、そんなこと！　でも——私が死んで保険金が下りても、弟がどうなるのかと思うと……」

河野の目が、しばらく治代のスカートから伸びた足を見ていた。

「——永山君。今夜、時間あるかい？」

「え？」

「相談しよう。何か手はあるよ」

もともと特に親しいわけでも何でもないのだが、今の治代にはよほど嬉《うれ》しかったのだろう、

「ありがとう！」

と、涙ぐんでさえいる。

「――さ、仕事に戻った方がいい。特に君は経理だしね。あんな奴が来たと知れたら、上司がどう思うか」

「そうなんです」

と、治代が肩を落とす。「――河野さん、用事は？」

「ああ、柳原さんに連絡とりたくて。出張先が君の所で分るだろう？　伝票を見れば」

「柳原さん？　出張なんかしてませんよ」

「妙だな。だって、今朝《けさ》バスで会ったんだ」

「見てみます」

いつもの仕事の顔に戻って、永山治代は席に戻った。

「――やっぱり出てないわ」

と、伝票を見て、「ちょっと待って下さい」

机の上の電話へ手をのばす。

休暇や遅刻の伝票を扱っている女の子の机へかけて、柳原のことを訊く。

河野は、その間じっと考え込んでいた。――柳原はどこへ行ったのか。

「――ありがとう」

治代は電話を切って、「柳原さん、一週間休暇ですって」

「休暇？　一週間は長いな」

今朝のバスでのことを話すと、

「――じゃ、旅行するって言いにくくて、出張って言っちゃったのよ、きっと」

「待てよ。――社員名簿は？」

「あるけど」

「柳原さんの自宅の番号を」

経理の他の机がほとんど空《から》になっているので、聞かれる心配はなかった。

「会議なの、みんな。私だけ当番で残って」

治代が名簿をめくり、「――これだわ。かけますか？」

「うん。僕が話す」

河野は、電話がつながると受話器を受け取った。

「――あ、奥さんですか。会社の河野です。――どうもごぶさたして。あの、ご主人おいでですか？」

「あら、出張と言って出かけましたけど」

「あ、そうですか！　席においでになかったんで、てっきりお休みかと。失礼しました」

河野は愛想良く言って切った。

「奥さんにも出張って言ってる」

「まあ……。どうしてそんな嘘《うそ》を？」

「――女だな」

「え？」

「女と旅行さ。奥さんには出張と言って、どこかの温泉にでも」

「柳原さんが？　信じられないわ」

と、治代は言った。「だって――あんなに真面目《まじめ》な人なのに」

「だけど分らないよ。いつだっけ、体を悪くして倒れたの。去年？」

「二年前だわ、きっと」

「もう、そんなにたつか。――あれ以来、めっきり老け込んだし、生きる張りをなくしたんだろう。せめて若い女の子でも……」

と言いかけて、「もしかして、会社の子？」

治代は肩をすくめて、

「聞いたことないわ」

「やっぱり今日から一週間で届を出してる子がいないか調べられる？」

「ええ、簡単よ、待って」

治代はもう一度電話をかけた。そして首を振ると、

「誰もいないわ。やっぱり誰かよその女――女連れだとしてね」

「僕の勘は当るよ」

と、河野は言った。「じゃ今夜――」

「ええ、でも……」

「二人で話してる内に、何かいい方法を思い付くかもしれない。そうだろ？」

河野は、あまり信用はされないが、いつも調子がいいのでつい騙《だま》されてしまう、というのが社内の女性たちの一般的評価だった。

しかし、たとえ「当てにはならない男」であっても、今の治代にとっては惨《みじ》めさから救ってくれる存在だったのだ……。


本当に？

「――とうとう来ちゃった」

と、爽香は言った。

「来ちゃった、はないでしょ」

母、真江《まさえ》が笑って、「あんたは先に行った方がいいんじゃないの？」

「でも……せっかくタクシー呼んだのに、もったいないよ」

と、爽香は言った。「お父さん、どうしちゃったの？」

「床屋さんが混んでるのかしらね。——もう行きなさい。待ってたらきりがないわよ。それに、お父さんはこれから仕度《したく》だもの」

「うん……」

爽香は、明るい色のスーツ。今はウェディングドレスで家を出るなんてこともなくなった。

旅行鞄を玄関へ運び、待っているタクシーへと運ぼうとすると、父親が帰って来た。

「遅いよ！　どこの床屋さんへ行ってたの？」

「何だ、まだいたのか」

と、父、杉原成也《しげや》は爽香を見て、「荷物か。俺が運んでやる」

「いいよ。中へ入って。お母さん、待ってるよ！」

と、爽香は言った。

——結婚式当日。

もっと忙しいかと思えば、それほどのこともなく、といってのんびりするには気分が落ちつかない。

式と披露宴は午後、夕方近くなのだが、当人たちは確かに早く式場へ着いておかねばならない。

「座席でいいです」

と、運転手さんが受け取ってくれたので、そう頼んで、爽香は家へ戻った。

「――爽香、もう出なさい」

と、真江が言った。「明男君はもう行ってるんでしょ？」

「うん……。お父さんは？」

「何だか――シャワー浴びるとか言って」

「ちょっと！」

爽香はあわててお風呂場へ駆けて行くと、幸いまだ入っていなかった父親を引張って来た。

「何だ、痛いじゃないか」

「いいから座って！」

と、爽香は父と母をソファへ並べると、エヘンと咳払《せきばら》いし、

「やりたかったんだ、これが」

カーペットにピタリと正座して、「お父さん、お母さん、長いことありがとうございました」

と頭を下げた。

「これがいやで、わざとゆっくり帰ったんだぞ」

と、父、成也が顔をしかめる。「今どき、そんなのははやらんぞ」

「いいじゃないの」

と、真江は微笑《ほほえ》んで、「お世話になったのは私たちの方だけど」

「これからもよろしく」

と、爽香はいたずらっぽく付け加えた。

「もういいだろう。早く行け」

「はいはい」

爽香は立ち上って、「じゃ、式場で。遅れないでね」

「心配しないで。——タクシー代、持ってる?」

「持ってるよ!」

爽香はタクシーに乗り込んだ。

見送って、真江が居間へ戻り、

「さ、私たちも——。お父さん」

真江は、夫が声を殺して泣いているのを見てびっくりした。

「あなた……」

「だからいやだったんだ!」

と、成也はやっと涙を拭って、「披露宴では絶対に泣かないぞ!」

真江が笑って、

「自然にしていればいいんですよ」

と言った。

「うん……。あいつは損な役ばかり引き受けて来た。——これからは自分のことを考えるようにしてほしいな」

病気で倒れたせいで、爽香に苦労をかけたという思いが成也にはある。

真江には、夫の涙の理由がよく分った。

「あの子はあの子で、そういう役を楽しんでいるのよ」

と、真江は言った。「これからだって、あなた、爽香がいてくれなきゃ困ることが沢山《たくさん》あるじゃないですか」

「うん……」

「充夫《みつお》も頼りないし。——私たちは、せいぜい丈夫で長生きしてればいいんですよ」

と、真江は夫の肩に手をかけた。「さ、仕度、仕度。遅刻して、爽香に迷惑がかからないようにしましょ」

「誰が遅刻するもんか！」

ムッとしたように、成也が言い返す。「俺は何十年も勤めて来たんだ！」

「はいはい」

子供と一緒。——真江はなだめすかしながら、夫を奥の部屋へと引張って行った……。

4　門出《かどで》

たぶん、結婚する当人たち以上に緊張していた。

初仲人の、河村太郎《かわむらたろう》刑事と、爽香たちの中学校時代の恩師、布子《きぬこ》の夫婦である。

むろん、河村と布子が、単に「恩師」といった関係でなく、二人と深く係《かかわ》って来たことは言うまでもない。

「――そもそも、私たちを結びつけてくれたのが爽香さんですものね」

と、布子は言った。

「そうだな。――そのことも言った方がいいかな？」

モーニング姿が、まるで「皇帝ペンギン」の河村が言った。

「そんなこと、いいのよ！　私たちの式じゃないんだから」

と、布子に叱《しか》られている。

「それもそうだな」

二人は、二時間も前から式場へ来ていた。

モーニングの河村、黒留袖に金銀の糸の吉祥模様の袋帯の布子。――仲人としての礼装である。

「――苦しい」

と、布子は早くもため息。

「本当だ。早く終ってくれないかな」

教師の布子と違って、河村は刑事で、人前で話をすることなどない。今にも緊張で引っくり返りそうであった。

「色々あったけど、あの二人、よくここまでこぎつけたわ」

ロビーのソファに座って、布子は言った。

「うん。――大分ありすぎたけどな」

「爽香さんがよく明男君を支えて来たわよ。もちろん、明男君も辛《つら》かったでしょうけど」

河村は肯《うなず》いて、

「人は誰でも道を踏《ふ》み外《はず》すもんだ。問題はそこからどうやって元の道へ戻るかだな。明男君はよく立ち直った」

布子は肯いた。

「――二人が十五歳だったころが、つい昨日みたい。でも、あれから十二年もたったのね……」

河村たちの二人の子、爽子《さわこ》、達郎《たつろう》もそれぞれ、七歳、三歳になっている。

「——あ、爽香さんだわ」

と、布子がロビーへ入って来るスーツ姿の爽香を見て立ち上った。

爽香の方もすぐ布子に気付いて、うぐいす色の旅行鞄をさげてロビーを横切って来る。

「今日はよろしく」

と、爽香が挨拶《あいさつ》すると、河村がパッと立って、

「こちらこそ！」

「だめよ、爽香さん。プレッシャーかけちゃ」

と、布子が笑って、「もう、ガチガチにあがってるんだから」

「すみません、無理言って」

と、爽香は微笑《ほほえ》んで、「あれ、明男、まだですか。遅いな」

「もうみえるでしょ。あのお母様、呑気《のんき》だものね」

かつて、母と息子の二人暮しで、ひたすら息子の明男に執着していた丹羽周子《かねこ》だが、息子が殺人罪で刑務所へ入るという事態に、逆に開き直ったようで、息子の判決の日に、美容院へ行って来たりして爽香たちをびっくりさせた。

明男が刑に服している間、支え続けた爽香のことを、今は頼りにしている。

「——大丈夫かな。電話してみましょうか」

「いいわよ。まだ時間あるし」

「そうですね。うちの親だって来てない」

と、爽香は息をついて、「ただ、何となく心配で。——色々あったから、明男は」

「これからは心配ばっかりしていないでね。心配ごとは明男君と分け合って」

と、布子が爽香の肩を抱いた。

「はい。——あ、来た来た」

爽香は、ロビーへ入って来る明男と周子を見て、心からホッとした。

その爽香の気持がよく分るので、布子はそれ以上何も言わなかった。

「まあ、先生、今日はお世話になります」

周子はすっかり楽しそうで、「お天気も良くて。これって親の心がけが良かったのよ、って言ってやったら、明男ったら不服そうで」

「当り前だろ」

と、明男が苦笑《にがわら》いしている。

「まだいいの？　式場とか仕度《したく》の方は——」

「係の方と話しました」

と、布子が言った。「あと……二十分くらいしたら、あちらが迎えに来て下さるそうですから。この辺に座っていましょう」

「うちの両親も、あと少ししたら……」

周子が、

「髪、おかしくない？」

と、気にしている。

「平気だよ」

「男じゃ分らないもんね。ちょっと化粧室で見てくるわ」

と、周子は行ってしまった。

「一人ではしゃいでるんだよ」

と、明男がため息をつく。

「いいじゃないの。落ち込んでるよりも」

「そりゃそうだけど……」

爽香にも明男の気持は分る。しかし、同時に〈Pハウス〉へ勤めてから、親の立場になってみることもできるようになった。

ある程度の年齢になると、「子供の結婚」というのは、いわば最後の大イベントなのである。

それに、親として子供のことに口が出せる最後の機会。

もちろん今は色々な親子関係があって、また夫婦関係もあるから、昔ほどではないかもしれない。

しかし、そこに、「親らしいことをしてやりたい」という気持があることは確かなのだ……。

「あれ？」

爽香は、ロビーへ入って来た、チャイナ風のドレスの美女に目を止めて、「もしかして——」

立って行くと、

「やあ、爽香！」

と、向うが手を振った。

「やっぱり！　今日子《きょうこ》か。誰かと思った」

「あら、私、そんなに美しくなった？」

と、浜田《はまだ》今日子は澄まして言った。

「相変らずね！　早いじゃないの、ずいぶん」

今日子も今は医師として忙しく働いている。

「うん、送ってくれた人の都合でね」

と、今日子は言った。「あ、先生、ごぶさたしてます」

と、布子へ挨拶する。

「今日子——今は誰と付合ってるの？」

と、爽香は訊《き》いた。

「今は、ってとこにアクセントがあったわね」

と、今日子は笑って、「まるで私が年中違う相手と遊んでるみたいじゃない」

「でも、会う度《たび》に彼氏が違うのは本当でしょ？」

「遊びじゃないわ。そのときは本気なのよ」

と、今日子は主張した。「今日送ってくれたのはね、今、脳外科の天才と呼ばれてる、切れる奴なの」

「へえ」

「また、ニヒルでいいんだ。眠狂四郎《ねむりきょうしろう》みたいでさ」

「楽しそうだね」

と、爽香は笑った。

「あ、馬鹿にしたな」

「してないよ」

「ま、私も三十五過ぎたら、もうちょっと落ちついた男を捜す」

今日子は、充分に今の生活を楽しんでいるようである。

「爽香、ご両親は？」

「もうそろそろ――。あ、来た」

杉原成也と真江がロビーへ入って来た。

そして、今度は両方の親、仲人、入り乱れての挨拶の時間がしばらく続いたのである。

「――爽香」

と、呼ばれて振り向く。

「お兄さん。いつ来たの？」

兄の充夫がダブルのスーツでやって来た。

「今さ。則子《のりこ》もすぐ来る」

充夫は、小声で、「今月、悪いけど待ってくれ」

と言った。

「五千円でもいいから入れなよ。金額より心だから」

友人の借金の保証人になって、一千万もの金を返さなければならなくなった充夫のために、爽香は〈Pハウス〉の親会社、〈G興産《こうさん》〉の社長、田端将夫から一千万円を借りた。

「分ってるけど、苦しくてな」

と、充夫がため息をつく。「また連絡するよ」

「うん」

仕方ない。今日はそんな話でもめていられない。

——毎月、少しずつでも返す、という兄の約束も、しばしば守られていない。

充夫にしてみれば、妻の則子に内緒にしているので、五千円、一万円というお金も自由にするのが容易でないのだろう。

しかし、「借りたものは返す」という当り前のことを、兄の甘えがつい忘れさせてしまうのである……。

則子がやって来て、

「爽香さん、おめでとう」

「どうもありがとう」

則子は、どう見ても今日のために新調したドレス。——三人の子持ちで、ほとんど外へ出ることもないのだろう、こんな機会に思い切り派手にしたくなるのも分る。

則子が、河村や親たちに挨拶しに行くと、充夫が、

「新しい服なんか買うなって言ったんだけど。——みっともない格好できないわ、って言って……」

「分るわ。女心よ。いいの。——来月はきっとね」

「ああ、分ってる」

充夫は、爽香の肩を軽く叩《たた》いて、みんなの方へと歩いて行った。

両親とちょっと言葉を交わして、充夫は則子と二人、空《あ》いたソファにかけると、

「親父《おやじ》、また老けたな」

「爽香さん、何ですって?」

と、則子が訊く。

「うん……。五千円でも、って言われた」

充夫は、実は借金のことを妻に話してしまっていた。——隠しごとを見破るのが上手《うま》い則子である。

「いいわよ、たまには。ほとんど毎月、ちゃんと返してるじゃない」

と、則子は言った。

「うん……」

「別に爽香さんのお金じゃないんだもの。たまに返さない月ぐらいあっても……」

「ああ、分ってるさ。いいか、お前は知らないことになってるんだから」

「ええ、何も言わないわよ」

充夫は内心、安堵《あんど》していた。


ロビーは人で溢《あふ》れ、挙式の時間が近付いて来る。

係の人に伴われて、爽香は仕度にかかった。——披露宴が終るまでが、とんでもなく長い時間になりそうだ。

爽香は、それでもウェディングドレスを着て、姿見の前に立つと、多少の感慨があった。

明男……。

よくここまで来たね。

きっと、明男もそう思っているだろう。

「良くお似合いですよ」

と、係の人に言われて、柄《がら》にもなく照れる爽香だった……。

5 乾杯

「お疲れさま」

と、爽香は言った。

「うん」

明男がグラスを取り上げる。

二人のグラスが軽く触れ合って、涼しげな音をたてた。

「おめでとうございます」

と、レストランの支配人が二人のテーブルに挨拶《あいさつ》に来た。

「どうも……」

明男は戸惑《とまど》って、

「――どうして知ってるんだ？」

と、後で爽香に訊《き》いた。

「だって、同じグループの式場で挙式したから一泊タダってことでしょ。向うにもその連絡が行ってるのよ」

「あ、そうか。——いつの間に、そんな有名人になったのかな、と思った」

爽香は笑って、それから思い切り伸びをした。——こんなホテルのメインダイニングでは、少々不作法だったかもしれないが、そうでもしないと体中がこわばっている。

——式と披露宴が終り、二人がこのホテルに入ったのが、もう夜の九時近く。

爽香は部屋から三十分かけて河村夫婦や親の所、それからスピーチしてもらった知人、友人に電話をかけた。

二人が「ペコペコで倒れる寸前」のお腹《なか》を抱えてこのレストランに入ったのは、オーダーストップ五分前だった……。

今は、若い者同士でパーティをやるだけですませてしまうカップルも多いが、

「私たちは色んな人の世話になったんだからね」

と、爽香が言って、「形式通りの」披露宴をやったのだ。

親しい友人同士は、ハネムーンから戻った後、小さなパーティをやってくれることになっている。今夜は二人だけの静かな夜にしたかった。

オードヴルの皿が来ると、二人は黙々と食べ始め、アッという間に空《から》にしてしまった。

「パンをお選び下さい」

と、カゴで持って来てくれたときには、すでに二人ともオードヴルを食べてしまっていて、

ちょっと頬《ほお》を赤らめた……。

「腹が空《す》きすぎて、よく分らないよ」

と言いながら、明男はもらったパンもたちまち食べてしまった。

「――長かったね、披露宴」

爽香は、父親が泣くのではないかと思っていたが、真赤《まっか》な顔で何とかこらえていたようだ。

――周子は至って明るく、まるで自分の結婚式のように楽しんでいた。

「先生たちが一番大変だったわね」

と、爽香は笑いをこらえて、「河村さんの緊張ぶり、凄《すご》かった！」

初仲人、しかも、布子と違い、刑事なんて職業は人前でしゃべるのが苦手。

新郎新婦を紹介するとき、手にしたメモがあまりに震えて読めず、見かねた布子がテーブルに置け、と手で合図したくらいだった。

「ともかく……終った」

と、明男は言った。「で、これから――よろしく」

「こちらこそ」

と、爽香は言った。「スープが来たら、ゆっくり飲んで。やけどするよ」

明男はちょっと笑って、外へ目をやった。

レストランは最上階なので、夜景が眼下に広がって見える。

「いつも夢見てた……。あの壁の中で。爽香と二人で、こうやって夜景を見下ろしてるってところを。ここを出れば、いつかきっと本当になるって自分へ言い聞かせてた」

爽香の目に熱く涙がたまった。

しみじみとしたのは嫌いじゃないが、食事には似合わない。

「――明日寝坊しないようにしなきゃね！」

と、話を変えて、「どっちが先に起きるか、賭ける？」


「今、何て言ったの？」

と、永山治代は訊き返した。

「ちゃんと聞こえたろ？」

河野が笑顔で言った。

笑顔で話すようなことだろうか。

「そんな……。犯罪じゃないの、そんなこと」

「もちろんさ。しかし、君は三百万ないと、それこそ体でも売らなきゃいけない。それがいやなら、何とかしてお金を作らなきゃいけないだろ？」

「それは……そうだけど……」

犯罪の話をするには、およそ似つかわしくない場所だった。

大観覧車のゴンドラの中。

「人に聞かれる心配がない」

と、河野が言ったのはその通りだ。

「一回りするのに十五分かかる」

と、河野は言った。「ゆっくり考えるんだね。あの連中にずっと怯《おび》えながら暮すのかい?」

治代はハンカチを握りしめた。

「――もちろん、私だっていやです。あんな男に脅されて……」

「その内、社内で評判になったら、辞めなきゃいけなくなる。そうなれば、いやでもあいつの言う通り、知らない男に体をいじり回されることになるよ」

「でも……」

治代はかすれた声で言った。「柳原さんのやったことにしても、本人が知らないと言えば――」

「そこはうまく考えるさ」

と、河野は言った。「一週間いないんだ。その間に、柳原さんが金を盗んで逃げたって公表してしまう。そうなりゃ、簡単には戻って来られないさ」

治代はしばらく黙って遠い夜景を見下ろしていた。――ゴンドラは一番高い所まで来ている。

治代は河野を見て、

「あなたもお金がいるのね」

と言った。

「もちろん、いつだって金はあった方がいいさ」

「一緒にやる？　つまり――三百万じゃなくて、もっと横領されたことにして」

もう決心はついたのだ。

「やるとも」

河野は肯《うなず》いた。「却《かえ》って、三百万くらいじゃ怪しまれるよ」

「じゃ、いくら？」

「いくらがいいかな……」

「――一億円？」

治代の言葉に、河野の方がちょっとびっくりした。

「一億？　悪くないけど――」

「小切手が明日入ってくるわ。私、知ってるの。あれを銀行へ入れるとき、うまく操作して……。しばらくは分らないはずよ」

一億！――河野の方が少々びびっていた。しかし、今さら「やめよう」なんて言えない。

「よし、それでいこう。金は――山分け？」

「それでもいいし……」

「何だい？」

「二人で使ってもいいわ」

治代は手をのばすと河野の右手をつかみ、自分の方へ引き寄せた。

河野は治代がブラウスのボタンを外《はず》し、彼の手を中へ導くのを唖然《あぜん》として見ていた。

「永山君……」

「治代って呼んで」

河野の手が、治代の胸のふくらみに触れる。

「君……」

「やるとなれば、度胸がいいの」

「――らしいね」

「お金のことはきちんとしましょう。そんなことで争いたくないわ。その相談、このゴンドラじゃ時間が足りないでしょ」

「うん、そうだね」

「今夜一晩、ゆっくり話しましょ」

「文句はないよ」

河野は手を抜いた。治代は頬を少し赤らめて、ボタンをとめると、

「柳原さんも、今ごろ彼女を抱いてるのかしら……」

と言った。

「どうしたの？」

玄関のドアを開けると、夫の湯原実男《ゆはらさねお》が倒れ込んで来た。

久美《くみ》はびっくりして、

「あなた！」

「奥さん、すみません」

銀行の同僚が息を弾ませて、「止めたんですがね、いくら言っても聞かなくて」

「お酒なんか、強くもないのに……。とても私の力じゃだめだわ」

「手伝いますよ」

「ごめんなさい」

同僚の方も相当飲んでいる。しかし、そこは男で、何とか湯原を玄関から引きずり上げると、

「廊下でいいですか。――これ以上はとても！」

と、座り込んでしまった。

「ええ。大丈夫。毛布でもかけますから。――でも、どうして……」

久美は急いで寝室へ入ると、毛布を抱えて来た。

廊下で高いびきをかき始めた夫へ毛布をかけてやる。――本当に思いもよらない光景だった。

湯原実男は三十五歳。妻の久美は二つ年下の三十三で、結婚して五年目である。

子供はないが、M銀行に勤める湯原の給料で生活は充分に余裕がある。この自宅が親ゆずりの自分のものだからだ。

湯原は酒もタバコもやらず、趣味といえばパソコンをいじることくらい。仕事が忙しくて、毎日帰宅が遅いのも、慣れてしまえば久美にとっては楽である。

その夫が——こんなに泥酔して帰って来るとは……。

一体何があったんだろう？

しかし、今の夫では、どうやっても目を覚ましそうもない。

「奥さん、すみません」

と、送って来てくれた同僚の男性がよろけるように立ち上って、「あの——すぐ失礼しますから……」

「いいんですよ。休んでらして。大変でしたね。お水でも？」

「いえ……。ちょっと、トイレをお借りしてもいいでしょうか……」

「ええ、もちろん」

久美は急いでその男——名前も知らない——を案内した。

「すみません！　すぐ失礼しますから！」

湯原を送り届けて安心したのか、その同僚の方もフラフラしている。

「――本当にもう」

久美は、完全に寝入った夫のそばに座って、ともかくネクタイを外し、上着を苦労して脱がせた。夜中に吐いたりしたら、背広が台なしになる。

久美は子供のころ、父親が酔って帰るのをよく見ていたので、そういう点、心配になるのだった。

「鞄がないわ」

いつも持って歩いている革鞄が見当らない。久美は玄関へ下りて、表を見た。

「あった！　――良かった！」

銀行員が鞄を失《な》くしたら、大変なことになる。

鞄を持って入った久美は、ふと思い立って鞄を開けた。――中を探《さぐ》ってみると、クシャクシャになった紙が一枚。

広げてみて、久美は夫のこの酔い方の理由を知った。

〈出向を命ず〉

――その会社は、M銀行の「屑《くず》カゴ」と呼ばれている、ろくに仕事のない会社だった。

給料も、本来なら変らない建前なのだが、あれこれ理由をつけて三分の二以下にされる。

夫の話で、久美はよく知っていた。

もちろん、湯原は、

「僕は大丈夫。これだけの成績を上げてるんだからな」

と、いつも言っていた。

そして、

「出される奴には、それだけの理由があるのさ」

とも……。

その自分が出向の辞令をもらった。——ショックがどんなに大きかったか。

久美は、その辞令をたたむと鞄へ戻して、夫の、口をポカンと開けた寝顔を見下ろした。

——仕方ない。今日はこのまま寝かせておこう。

上着をハンガーにかけ、久美は毛布をもう一度きちんとかけ直してやった。

「あ……」

あの人、どうしたんだろう?

時計を見ると、二十分近くトイレに入ったままだ。

「——大丈夫ですか?」

と、トイレのドアを叩《たた》く。「あの……」

そっとドアを開けると、その同僚は、ウォシュレットの便器にもたれかかって眠り込んでしまっていた。

「あの——ちょっと」

と、揺さぶっても全く手応えがない。

「――もう！　いやになっちゃう！」

と、久美は思わずグチった。

といって、女一人の力では、どこへ運ぶこともできない。

結局、久美は諦《あきら》めて、今夜はこのまま寝るしかない、ということになったのである。

「おやすみなさい！」

と、半《なか》ばやけになって久美は言った。

6　その朝……

もちろん、M銀行の湯原と、その「名なしの」同僚とは全く違うが、同様にのびていた人間が二人いた。

爽香たちの仲人をやった河村と布子の夫婦である。

「――あなた」

と、布子はやっと起き上って、「あなた……」

河村はベッドで大の字になって寝ていた。

昨日、くたびれ果てて帰宅したまんま。

もちろん、モーニングは脱いである。布子だって、あんな黒留で寝られるわけもない。

「ひどいわね……」

床に脱ぎ捨てられたモーニングやシャツ、黒留、帯、足袋《たび》……。

とてもじゃないけど、生徒たちに見せられないわ。

「――学校！」

今日はいつも通りの授業である。

青ざめて時計を見ると、まだ七時。

「助かった！」

今から仕度《したく》すれば、充分間に合う。

河村は今日まで休みを取っているはずだ。好きなだけ寝かせておこう。

布子は伸びをすると、お風呂場へ行って目覚しのシャワーを浴びた。

母の所へ預けた爽子と達郎を、帰りに寄って連れて帰って来なくては。

顔を洗って、大分すっきりすると、寝室へ戻る。

服を着ていると、電話が鳴った。

「――はい、河村です」

「奥さん、申しわけないが、ご主人を」

「は、どうも……」

河村の上司だ。――よりによって？

「起すのに多少かかると思いますので、こちらから……」

と、一旦切って、さて起すのが大変だ。

十分近くかかって、布団《ふとん》をかぶってしまう河村を何とか起すと、

「電話よ！」

と、耳もとで怒鳴った。

河村は、半ば《なか》——いや、九割方眠っている様子で、何とか電話を入れた。

「——分りました」

聞いている内に、河村の目がはっきりして来た。

布子は、夫の分の着替えを用意していた。どうせ出かけることになるのだ。

「——すぐ行きます」

河村は受話器を戻して、「休めなくなった」

「ご苦労様。——シャワー浴びるといいわ。コーヒーいれておくから」

「悪いな」

と、頭を振って、「小学校一年生の女の子が殺された」

「まあ……。七つ？」

「爽子と同じだ」

河村はベッドから出て、お風呂場へとよろけながら歩いて行った。

片付けは後でいい。——布子は、台所へ行って、ポットのお湯を入れかえた。


「また、いびきかいてた」

と、涼子が柳原の鼻をつまんだ。

「おい……。苦しいよ」

と、柳原が笑う。

「もう起きる？」

「今何時だ？」

「七時半くらいかな」

「列車は何時だっけ」

「十時二十五分よ」

「そうか……。じゃ、ゆっくり起きて仕度するか」

「うん」

——柳原と国井涼子は、名古屋まで来て、ビジネスホテルで一泊していた。

目的地の温泉へはローカル線で。先方の宿が今夜からしか取れなかったのである。

小さなベッドで身を寄せ合っていたせいか、柳原は腰が痛くて顔をしかめた。

「温泉に行きゃ、手足を伸《の》ばせるな」

と、ため息をつく。

「そうね。——私、お風呂に入る」

「うん。入っておいで。その間に何とか目をさます」

涼子はスルリとベッドから出て、弾むような足どりで、小さなユニットバスのバスルームへ入って行く。

その若々しい裸体を見て、柳原は、いつもながら胸が痛む。

あの子には未来がある。たとえ今、何もかもいやになって、「死にたい」と本気で思っていたとしても、柳原のように、人生の黄昏《たそがれ》どきにさしかかった人間とは違うのである。

いや、柳原だって世間一般の基準でいえば、四十六歳は「男盛り」かもしれない。

それでも、涼子のように二十四歳の女の子を道連れに死ぬのは罪なことではないのか……。

一年、二年たてば、涼子は別の恋をしているだろう。その将来を奪ってもいいのか……。

「まだ時間はある」

そうだ。——温泉で何日か、二人でのんびり過す。

その間に、涼子の気持も変るかもしれない……。

柳原はベッドから出ると、カーテンを開けた。

十一月の朝、空はまだ明け切っていなかった。

久美は、寝返りを打って、息をついた。

——何か重苦しいものがのしかかっているような息苦しさを覚えた。

何かあった。——ゆうべ。

そう。ゆうべだ。

思い出した。夫が酔って帰って……。

あれは夢だったのかしら？　いやな夢だったけど……。

「夢じゃないわ」

と、呟《つぶや》く。

そう。現実だったのだ。

久美は、自分がいつものネグリジェに着替えずに、普段着のままでベッドに寝ていることに気付いた。

どこか体が休まらずにいるのはそのせいだろう。

欠伸《あくび》をして、目を開ける。

——夫はまだ廊下で寝ているのかしら？

起さないと風邪《かぜ》をひく。

起き上った久美は、ベッドの中で背中を向けて寝ている夫を見た。

「何だ……。いつの間に入って来たの？」

と苦笑した。

今日は休むのだろうか。

でも、一応は起した方がいいだろう。——時計を見ると、そろそろ……。

「おい」

という声にドアの方を見る。

夫、湯原実男が、寝ぼけた顔で立っていたのである。

「あなた……」

「頭が痛い……。どうしたんだ？」

「あなた……。でも……」

久美は、ベッドの中で寝ている男の方へ目をやった。

——昨日の人だ！

トイレで眠っていたのが、途中で目をさまして、ベッドへ潜り込んだのだろう。

「誰だ？」

と、湯原が言った。「そこにいるのは、誰だ？」

「あなたの……」

「誰なんだ！」

湯原が顔を真赤にしてベッドへ歩み寄ると、毛布をはぎ取った。

「——あ、湯原か」

と、その男は目をこすりながら、「俺は……どうしちゃったんだ？」

自分の家に帰ったつもりだったのだろう、ごていねいにズボンを脱いでいる。

「おい！　貴様、久美と——」

「え?」

と、男は久美を見て、初めて状況を理解した。「――あ!」

「久美! こいつといつからこんなことをしてたんだ!」

落ちついて考えれば分ったはずだが、湯原もまだ混乱している。

「あなた! 何言っているの!」

と、久美はあわてて言った。「しっかりしてよ!」

「こいつ!」

湯原が、その同僚につかみかかった。

「おい、よせ! 誤解だ!」

「殺してやる! 人の女房に手を出したな! この野郎!」

久美は、呆然《ぼうぜん》として見ているしかなかった。

二人がつかみ合い、もつれ合って寝室を出て行く。

「――いい加減にしてよ」

と、久美は呟いた。

何かひどく物がぶつかったり壊れたりする音がした。

久美はベッドを出ると、

「あなた! ――いい加減に目をさましてよ!」

と言いながら廊下へ出た。

ハアハアと肩で息をしながら、夫の同僚が立っている。

「大丈夫ですか？　主人ったら……」

と言いかけて、「まあ、口が切れてるわ。血が……」

「殴られたんです」

「すみません。主人らしくもない」

「つい、反射的に……」

「え？」

振り向くと、夫が倒れていた。仰向《あおむ》けに、ぐったりとして。

「突き飛ばしたら……。柱に頭を打って」

久美は、夫のそばへかがみ込んで、

「あなた。──しっかりして！　──あなた？」

夫は全く動かなかった。

「救急車を呼びましょう」

と、同僚が言った。「大分ひどく頭を打ちましたからね」

久美は、夫の手首を取った。

そして、ゆっくりと振り向くと、

「あなた……お名前は？」

「僕ですか。——緑川《みどりかわ》です。ご主人と同じ係で……」

「緑川さん……。主人、死んじゃったみたい」

と、久美は言った。


「——おはよう」

と、爽香は言った。

「何だ、早いな」

明男が目を開けて、「——あ、先を越されたか」

「ね、朝ご飯食べに行こ」

「待てよ。すぐ起きるから」

明男は欠伸をして、ベッドに起き上った。

爽香はもう身仕度を終えている。

「顔洗ってらっしゃい。シャワー、浴びる？」

「そうだな。目がさめる」

「じゃ、タオル、棚の上のを使って」

「うん……」

明男がブルブルッと頭を振った。

「髪の毛が立ってるよ」

「そうか……。すぐくせがついちゃう」

「ゆっくりでいいよ」

と、爽香はバスルームへ入っていく明男へ声をかけた。

爽香はカーテンを開けた。

東京の空に朝の光がくすんだ色で広がっている。

「——結婚第一日」

と、爽香は言った。「これからだ！」

7　踏み外す

空白の時間は、我に返ったときには長く感じられる。

湯原久美は、もう息の絶えてしまった夫を前に、ぼんやりと廊下へ座り込んでいて、ハッと我に返った。

急いで立ち上り、居間を覗《のぞ》くと、

「まだ間に合うわ」

と呟《つぶや》いた。

そして気が付く。――もう夫が銀行へ出勤して行くことはないのだ。夫、湯原実男は死んでしまったのだから。

居間のソファに、あの緑川という男が呆然《ぼうぜん》と座り込んでいる。ズボンを脱いだままなので、ひどく間が抜けて見えた。

「緑川さん」

と、久美は声をかけた。

「はあ」

緑川は顔を上げ、「――まだです」

「――何が?」

「一一〇番しなくては。分ってるんですが、体の方が言うことを聞かなくて」

「それなら私がやります」

と、久美は言った。「あなたは銀行へ行かないと遅刻でしょ」

緑川は当惑して、

「遅刻って……」

「どうぞ、出かけて。主人のことは――運が悪かったんだわ。それに、ケンカを仕掛けたのは主人の方だし。酔ってトイレに起きて、自分で転んで頭を打った、ということにしましょう。あなたが突き飛ばした、なんて言ったら、それこそ面倒でしょ。責任はなくても、警察沙汰《けいさつざた》になって、あなたの将来が……」

久美は淡々と言った。

「しかし……実際に僕が……」

「いいんです。主人が早とちりして、あんな風に……。あの人らしくないわ。出向の辞令が鞄に入ってた。それがショックだったんでしょうね」

「ご存知でしたか」

「見ましたわ、ゆうべ」

久美は肯《うなず》いて、「思ってもいなかったでしょう。自信を持ってたから。優秀だって信じ込んでた」

「僕らにもショックでした。湯原がそれじゃ、俺たちはどうなるんだって……」

「ね、緑川さん。これは事故なの。あなたがこんなことで一生を棒に振っちゃいけないわ。早く仕度《したく》して、ここでのことは忘れて、銀行へ行って下さい」

緑川は久美を見ていたが、やがてソファから床へ下りると、両手をついて、

「申し訳ありません！」

と、頭を床へ打ちつけるほど下げた。

「そんな……。ね、やめて下さい。立って。——わざわざ送って来て下さったのに、こんなことになって……」

「奥さん！　ご恩は忘れません」

と、緑川はくり返し頭を下げると、急いで身仕度をした。

久美は代ってソファに座ると、初めて気付いて、呟いた。

「私……未亡人になったんだわ」

永山治代は、だるい体で何とかアパートの階段を上って行った。

会社にはいつも通り出勤しなくてはならない。昨日と全く同じ服装で行けば、女子社員たちに好奇の目で見られるだろう。

着替えて、ちゃんと髪を整えて出かけるために、河野と泊ったホテルを、一人早く出て来た。

――こんなことになるなんて。

我ながら、信じられないようだった。

河野を愛しているわけでは、むろんないし、信用してもいない。でも、成り行きでこうするしかなかった。

少なくとも、この一件が無事に片付くまでは……。

自分の部屋の前で、鍵《かぎ》をバッグから出していると――中で物音がした。

英治《えいじ》？　弟の英治だろうか？

ドアを引く。――開いていた。

「英治！」

と呼ぶと、物音がピタリと止《や》んで、

「――姉さんか」

「英治、あんた……」

急いで上ると、「どこにいたのよ！」

台所を覗いた治代は立ちすくんだ。

テーブルで、見知らぬ若い女――いや、女の子がカップラーメンを食べていた。

弟の英治は、引出しを開けて中をかき回していたのだ。

「――何してるのよ」

「金、置いてないの？　捜してたんだ。――な、少しくれよ」

「英治……」

「これが最後だよ。こいつが稼いでくれるから」

英治は、女の子の肩に手をかけた。

「英治……。借金取りが来て、大変だったのよ」

「適当に言っときゃいいんだよ。どこ行ったか分んないって言っときゃ」

「そんな……」

「姉さん、ゆうべどこに泊ったんだ？」

と、英治は愉快そうに、「外泊するんだ、姉さんも。男だろ？」

「そんな話、してる場合じゃないでしょ」

「俺たち、ちょっと姉さんの布団《ふとん》、借りたぜ」

と、英治はニヤニヤしている。

「あなた……いくつ？」

どう見ても、十七、八にしか見えない。

「関係ないでしょ」

と、女の子は言い返した。「姉さんなら、英治に少しお金あげなよ」

治代は、怒る気力も失っていた。

「どこに行く気なの」

「こいつと暮す。な？　これが〈風俗〉で稼いでくれるから、俺はのんびりやるよ」

治代は呆《あき》れて、

「女の子に働かせて？　ひもになるの」

「放っとけよ。——な、二、三万でいいからさ」

治代は財布を出すと、

「一万五千円ぐらいしかないわ」

「しけてるな！　ま、ないよりいいや」

英治はさっさと財布から中身を抜いて、「住む所が決ったら、連絡するよ」

と言って、女の子を促した。

「お邪魔さま」

と、女の子は笑って、英治と一緒に出て行った。

治代は、二人の話し声が遠ざかるのを聞いていた。

「やかましそうだね」

「昔からさ。でも、俺にゃ甘いから……」

――治代は、奥の部屋で布団が敷きっ放しになって、シーツがくしゃくしゃに乱れているのを見た。

自分自身、好きでもない河野に抱かれて来た。そうでもしないと、勇気が出なかったのだ。

「悪者」になるのだ。犯罪者になる覚悟がいる。

しかし、その原因を作った弟が、この始末か……。

治代は、布団をめくると、シーツを乱暴にはがして、丸めた。

それを玄関へと投げ捨て、床に座り込むと、治代はしばらく立ち上ることもできなかった……。

ホームへ上ったのは、発車の二十分前で、

「座る所、ないな」

と、明男は言った。

「いいよ、立ってよう」

爽香が息をついて、「どうせ何時間も座ってくんだから」

「そうだな。――まだ大分ある」

明男が腕時計を見る。

「売店、向うだよ。何か買ってくる?」

「駅弁？」

「まだ昼ご飯のことは考えたくない！」

朝、さんざんホテルで食べて満腹状態の爽香は大げさにため息をついて、「ハネムーンで何キロも太ったら笑われちゃう」

「喉《のど》、かわいた。何か飲み物を見てくるよ」

「うん。バッグ、持ってる」

「頼む」

爽香は新品のうぐいす色のバッグを手にして、まだ客の姿も少ないホームを見渡した。

すると、そこへ、

「爽香！」

呼ばれて、目を丸くして、

「今日子！　どうしたの？」

浜田今日子がやって来たのである。

「ハネムーンの門出《かどで》をお見送りしてやろうと思ってさ」

「病院は？」

「今日は昼までに行けばいいの。——明男君は？」

「今、売店に」

「爽香——落ちついたね」

「たった一日で？」

と、苦笑する。

「そうよ。人間、一夜で髪が白くなることもあるのよ」

「それと一緒にしないでよ」

「精神の状態が顔に出るってことよ。ずいぶん心配したけど、良かったね」

今日子なりに心配していたらしい。

「恐れ入ります」

と、爽香は言った。「今日子も早く落ちつきな」

「私は落ちついてるわ。これが普通なんだもの」

「さては、ゆうべ外泊？」

「まあね。でも、男じゃないの。大学のときの友だちの女の子の所に泊って、一晩中グチを聞いてた」

「ご苦労さん」

明男が戻って来て、

「あれ？　わざわざ来てくれたのか」

「ついでよ、ついで」

と、爽香が笑って言った。

「どこだっけ、温泉?」

「この列車の終点からバスで山の中に入るの。〈猿《さる》ヶ《が》峠《とうげ》温泉〉っていう所。今、流行《はや》ってるのよ」

「聞いたことある。TVドラマで使ったとか……」

「そうそう。きっとミーハーな女の子で一杯よ」

と、爽香は言った。

「よし。じゃ、今度は私も彼をせっついて、連れてってもらおう」

と、今日子は言った。「それじゃ、気を付けてね」

「ありがとう」

「のんびりしておいでよ。爽香は忙しくて――」

何だか、いやに唐突に言葉が途切れた。

「――どうしたの?」

爽香は、今日子の目が自分の肩越しに先の方を見ているのに気付いて振り向いた。

「動かないで!」

今日子がいきなり爽香の腕をつかんで、しゃがみ込んだ。

「今日子――」

「じっとして! 黙って!」

爽香が呆気《あっけ》に取られていると――、

「グリーン車はこの先だ」

スラリと長身の、ちょっとキザな男が、小柄な可愛《かわい》い女性を連れて、すぐわきを通り過ぎていく。

「――今日子。行ったよ」

今日子は立ち上ると、

「今、どこにいる?」

「グリーン車の乗り口の所で立ってる」

「あいつ……」

今日子の眉《まゆ》がぐっと上って、「学会だとか言っといて!」

と、怒りで真赤になる。

「あの人、今の……」

「そうよ。脳外科の秀才。一緒にいたのは外科の看護婦だわ」

「やめてよ、ホームで取っ組み合いやるのは。――列車が入って来た」

ホームに始発の列車がゆっくりと入って来る。

思ってもいない成り行き。――爽香は明男と顔を見合せた。

「ともかく、見送りありがとう」

と、明男が言った。「な、もう行ってくれ。発車まで待ってると大分あるから」

「そうだよ、今日子。病院へ行って頭冷やして。それで許せなかったら、帰って来たあの秀才を一発張り倒してやればいいわ」

しかし、今の今日子は、冷静な思考から最も遠い。

「放っとけるか！」

と、今日子はカッカしている。

扉が開いた。

「私たち、乗るから。——ね、今日子、落ちついて」

「分ったわ。じゃ、気を付けてね」

今日子は二人が乗り込むのを見送り、指定席に二人が座ると、窓越しにちょっと手を振っていたが、すぐにいなくなった。

「——ああ、びっくりした」

と、爽香は息をついて、「でも怖いわね。こんな所でバッタリなんて」

「全くな。——血の雨が降るところだ」

「今日子ったら、本当に……」

やがて発車の時刻が来て、ベルが鳴った。

爽香は座席のリクライニングを少し倒してゆっくりともたれた。

列車が一揺れして動き出す。

「さて、と……」

爽香は欠伸《あくび》をして――。目を大きく見開いた。

「今日子！」

今日子が爽香たちの車両へ入って来たのである。

「やあ」

「やあ、じゃないでしょ！　何してるの？」

「ちゃんと指定券買ったもん」

と、今日子は澄まして、「私も温泉でゆっくりしようと思ってね。席、どこかしら」

「今日子……。何するつもり？」

「いいの。心配しなくて」

「するわよ！」

「ちょっとびっくりさせてやるだけよ。――あ、すぐそこだ。じゃあね」

二列先の席に今日子は落ちついてしまった。

爽香はため息をついて、

「ハネムーンくらいは、平和に過したかった……」

と嘆いたのだった……。

8　白い湯気の町

昼休み、河野は階段の踊り場で永山治代と会った。

「——どうした？」

「まだ。銀行の人が都合で午後一番になったの」

と、治代は言った。「大丈夫。緑川さんはちゃんとしてるから、必ず来るわ」

「そうか。僕に何かできることがあったら言ってくれ」

河野の方があがっている。

「ありがとう。——抱いて」

治代は静かに河野の胸に身をあずけた。

「——大丈夫かい？」

「ええ……。弟が来た」

「弟さん？」

「若い女を連れて、アパートに。その女のひもになって暮すとか言ってた」

「そうか……」

「もう、ああなったら、何言ってもだめね。――心配なのは、どんどん悪い道へはまっていくことだわ」

と言ってから、治代は笑った。「自分で悪いことしようとしてるのに、弟のこと、言えないわね」

「君の場合は、もともと弟さんのせいじゃないか」

「そうだけど……。私、ふっと考えたの」

「何を?」

河野は、治代のことが少し怖くなっていた。――何を考えたんだ?

「もし、今度のことがうまく行ったとしても、弟が知ったら、また私にたかって来るわ」

「だから?」

「――柳原さんのしたことにするのはいいわ。でも、いずれ捕まるでしょ。そのとき、調べられて何もしてないと分ったら? 他に犯人を捜すことになるわ」

「うん、まあね……」

「それじゃ困るでしょ。私とあなたで、一生逃げ回るなんてこと」

「だけど……どうするんだ?」

「柳原さんがやったことにするだけじゃ、不充分だわ」

と、治代は言った。「柳原さんが絶対に見付からないようにするのよ」

「そんなこと、できるのか？」

「見付からないように、っていうのが無理なら、見付かっても、何もしゃべれないようにするか」

治代は、河野から少し離れて、「——柳原さんが死んでいればいいのよ」

と言った。

河野がポカンとして、

「そううまく死んでくれるか？」

「無理よ。死なせてあげなくちゃ」

と、治代は淡々と言った。「あなた、やってくれる？」

河野は青ざめた。

治代がちょっと笑って、

「本気にした？」

「——おい！」

と、河野は息をついて、「びっくりさせないでくれよ」

「覚悟を確かめたかったのよ」

と、治代は言うと、河野に素早くキスして、「口紅、拭《ふ》いといてね」

と笑って姿を消す。

河野はホッと息をついた。

「冗談じゃないぜ」

と、思わず呟《つぶや》いていた。

人殺しまでやる気はない。——いや、そもそも治代に横領の話を持ちかけたのは、半分以上、治代を口説《くど》いてみたかったからである。

それが、今では完全な「共犯者」。

正直なところ、河野はまだ決心がついたわけではなかった。むしろ、今ならまだ、

「何も知らない」

と言い抜けられる、と思っていたのだ。

小切手をどう細工するつもりか、よく知らないが、ともかく河野自身はそれに一切《いっさい》係《かかわ》らない。

だから、まだ逃げられるのだ。

もし治代が捕まって、河野の名を出したところで、河野は、

「知らない」

で押し通せばいい。

振られた腹いせに、名前を出しただけだ、と言い張れば、誰も嘘《うそ》だとは言えまい。

そうだ。もし、何もかもうまくいけば治代と金を分け合おう。少しは彼女の方の取り分を多

くしてもいい。

河野は、何とも虫のいいことを考えていた。——何かを手に入れるためには、代償を払う必要がある、という簡単な人生の真理を、よく分っていなかったのだ。

あの人を切るしかない。

——治代は、あの一瞬で、そう決心していた。

河野は確かに優しい。ただし、自分が何の責任も負わなくていい範囲においての話だ。追い詰められた気持だった治代が、開き直って「別の女」に生れ変ったのは、河野のおかげと言えるだろう。

しかし、現実に何かをやるには、河野はあまりに臆病《おくびょう》だ。

治代が必要としているのは、どこまでも一緒に堕《お》ちてくれる相手だった。

でも、そんな人が見付かるだろうか?

席へ戻ると、昼休みはあと十分ほど。

中途半端な時間だった。お茶を飲んでくるほどの余裕はない。

周囲の席はまだ誰も戻っていない。

仕方なく、治代はメモ用紙を作り始めた。——いらなくなった資料のコピーなどを切ってメモ用紙にする。

今の若い子はこんな面倒なことをしないだろう。でも、治代は捨てるのがもったいないと思ってしまうのである。

電話が鳴った。

「――はい。――もしもし？」

と訊き返すと、少し雑音混りの音で、

「君、誰？」

「永山ですけど……」

と、眉をひそめながら言うと、

「永山君か……柳原だけど」

一瞬、心臓が止るかと思うほどびっくりしてしまった。

「あの……柳原さん、お休みですよね」

「うん。ちょっとね、わけがあって今列車の中なんだ」

「列車？」

「ふっと思い出してね。いや、君で良かった。一か月前の精算で、終ってないのがあったんだ」

「あの――柳原さん」

治代は必死で気持を落ちつけようとした。

とりあえず、柳原の用件をメモした。

「――いや、良かった。思い出したら気になってね」

と、柳原は呑気《のんき》である。

メモを取るという日常的なことをしている内に、治代は冷静さを取り戻していた。

「柳原さん。あの……」

素早く周囲へ目をやる。――大丈夫。一人二人は席に戻っているが、週刊誌やスポーツ新聞を読んでいる。

「ご旅行なんですか？」

と、治代は言った。

「まあ……ちょっとね」

「実は奥様からお電話があって、出張先のホテルを訊くのを忘れたので、とおっしゃって来られたんです」

「家内から？」

「ええ。それで、詳しい泊り先などは、担当の者がいなくて分りませんが、とお答えしました。奥様は、特に用があるわけじゃないけど、もし連絡があったら、家へ一度電話してくれと伝えて下さいとおっしゃって」

「――そうか」

「柳原さん、お宅には出張と言って出られたんですか」

「うん、実は……そうなんだ。頼む、内緒にしてくれ！」

「じゃ、当然お一人じゃありませんね」

と、治代は笑って、「隅に置けないんだ！」

「それほど大層なことじゃないよ」

「でも――もし、仕事でどうしても連絡を取る必要があったら、お宅へ電話が行くかもしれませんよ。困ったことになりませんか？」

「そこまで考えなかったよ」

「もし――お泊りの場所が分ってたら、私が連絡しましょうか。絶対に秘密にしますから」

「しかし……」

「私が信用できなかったら、他の人でも構いませんけど」

声に緊張が出ないように、必死だった。

「――いや、君が一番あてになるよ」

と、柳原は言った。「分った。それじゃ頼む。〈猿ヶ峠温泉〉の〈紅葉館《こうようかん》〉って旅館なんだけど」

「分りました」

メモを取る手が震えた。「――いえ、電話番号なんか、調べれば分りますし。よほどのことがない限り、ご連絡しません」

「よろしく。いや、君が出てくれて助かったよ」

柳原が電話を切っても、治代はしばらく受話器を握りしめていた。


「やあ、やっぱり上の方はずいぶん紅葉してるな」

と、明男が言った。

駅を出て、冷たい空気を吸い込む。

「まだ上に行くのよね」

と、爽香は言って、うぐいす色の旅行鞄を明男へ渡した。「旅館のマイクロバスが迎えに来てくれてるはずなんだけど」

「あれでしょ」

と言ったのは今日子。

指さす方から、ボディに〈紅葉館〉とかかれたマイクロバスがやって来る。

「今日子。——どうするの、これから?」

「一緒に行く」

「でも、その〈天才脳外科医〉さんと看護婦さんはどこへ泊るか分んないのよ」

「分ってる。〈紅葉館〉」

爽香が目を丸くしていると、

「わざとあの二人のすぐ後ろにピタッとくっついて行ったの。却《かえ》って分らないのよ」

と、今日子は得意そうに言った。「タクシーに乗って、『〈紅葉館〉へ』って言ってるの、しっかり聞いた」

よりによって同じ旅館？　——爽香は、何も起らずにすみますように、と祈るような思いだった。

マイクロバスが停《と》まり、中から降りた名入りのはんてんの男が、

「〈紅葉館〉へおいでのお客様、お待たせいたしました」

と呼びかけると、十人近い客がワッと集まる。

「——お詰め願います！　お荷物はこちらの棚へ」

空席がほとんどない。明男と爽香は旅行鞄を乗降口のわきの棚へのせて、空《あ》いた席に腰をおろした。

そしてマイクロバスが出ようとしたとき、

「待って！」

と、駆けて来た若い女性。「すみません！　今、すぐ連れが来ます」

ハアハア息を切らしながら、中年の男がやって来る。

「——どこにバスがいるのか分らなくて。いや、すみません」

その二人を乗せて、マイクロバスは走り出した。

「バッグ、そこの棚に」

「うん」

——柳原は、うぐいす色の旅行鞄を棚へのせると、息をついた。

バスは山道を上って、やがて湯の町へ。

——マンホールのふたの隙間《すきま》から白く湯気が上って、いかにも温泉らしい雰囲気の中、マイクロバスは旅館へとさらに道を上って行った……。

9　出会い

「そうおっしゃられても……」

と、〈紅葉館〉のフロントの係は困惑し切った表情で、「普段なら、ひと部屋ぐらい、何とかしてさし上げるんですが、今は季節が良くて、一年で一番混み合うときなんです。どうしたって無理なんですよ」

「そこを何とかして下さいよ！」

と、粘っているのは今日子である。

「キャンセルもありません。とてもだめですね」

「そんなこと言わないで！　どこでもいいから。ね？　布団《ふとん》部屋でも物置でも。何なら廊下に布団敷いて寝るから」

「今日子」

と、とっくにチェックインを終っている爽香が、今日子をつつく。「諦《あきら》めなよ。どこかよそを当ったら？」

「他も同じだと思いますけど」

と、フロントの男は肩をすくめた。

「いやだ！」

と、今日子は頑として聞かない。「私はここに泊るの！」

「今日子、ちょっと……」

通りかかる客がジロジロ見て行くので、爽香はたまりかねて今日子をロビーのソファの所へ引張って行った。

明男が、旅行鞄を足もとに置いて、ソファで待っている。

「——ね、今日子。気持は分るけど、仕方ないわよ。今日は帰りな」

「帰れやしないわ。このままあの二人が仲良く温泉に浸《つか》ってるのを、指をくわえて見てろって言うの？」

「帰りゃ見なくてすむじゃない」

「想像してる方がもっと辛《つら》い」

「でもさ——」

と、爽香が言いかけたとき、廊下を近づく笑い声。

「来た！」

今日子が飛び上ると、ソファの裏へ飛び込んでかがみ込んだ。

爽香たちの目の前を、かの「天才脳外科医」と看護婦が手ぬぐい片手に浴衣姿《ゆかたすがた》で笑いながら通って行った。

「――今日子、行ったよ」

と、爽香は言った。「いっそ、今ここで大立ち回りをやりゃ終ってたんじゃないの？」

「そんなみっともないこと、できるわけないでしょ！　私にだってプライドってもんがある」

「じゃ、どうするの？」

「じっくり考えて、やっつけてやる」

怖いね、全く！――爽香はため息をついた。

すると――今日子が目を見開いて、

「何だ！　簡単だ」

「何が？」

「泊る所よ。私、爽香たちの部屋に泊る。一人ふえても寝られるでしょ、和室なら」

爽香は唖然《あぜん》として、

「ちょっと待ってよ！　私たちハネムーンなんだよ」

「今夜一晩でいいのよ。ね？　二人が布団に入ったら、私、頭から布団かぶって、耳ふさいでてあげる！　それならいいでしょ？」

「ちっとも良かないよ」

と、爽香はむくれた。

明男が笑い出して、

「しょうがない奴だな！　爽香、一晩だけ泊めてやろう。小さいころから知ってるんだ」

「全く……。いつまでも手のかかる奴！」

「じゃ、いいね？　爽香、愛してる！」

今日子がいきなり爽香の頰《ほ》っぺたにキスする。

「よせって！」

「じゃ、早速《さっそく》フロントに行って来る！」

今日子はフロントへと駆けつけ、かくて、爽香と明男はハネムーン第一夜を「三人」で過すことになったのだった……。


「緑川さん。遅かったですね」

と、永山治代は言った。

「すみません、どうも……」

「珍しいと思って。緑川さん、遅れたことなんかないのに」

治代は立ち上って、「じゃ、会議室に」

「どうも……」

ファイルを手に、治代は行きかけて、

「大丈夫ですか？　具合でも悪いの？　顔色が良くないけど」

「いえ、別に。大丈夫です」

緑川は首を振った。

空《あ》いた会議室の一つに入ると、椅子を引いて、

「そろそろ暮が近くなって来て、お忙しいでしょ？」

と、治代は言った。

「いえいえ。ただ――ボーナス時期がきついですね。今年はどこも良くありませんから」

「そうねえ。それでもノルマとかって決ってるんでしょ？」

「そうなんです。胃が痛いですよ、これからは」

――何だか今も胃の具合が悪そうな顔をしているわ、と治代は思った。

治代が心配したのは、いつも見ている緑川とあまりに様子が違うせいである。M銀行の担当として、この一年余り、緑川は週に二回、必ず治代の所へ回って来る。

だから顔色の違いがすぐに分るのだ。

「じゃ、お預りした伝票を」

と、緑川が大きな鞄を開けて、中から分厚い伝票の束を取り出す。

そのとき、携帯電話が鳴った。

「あ、失礼します」

緑川が急いでポケットから電話を取り出した。「──もしもし」

治代は、何となく気になって、緑川の様子を見ていた。

「──湯原が。──うん、分った。──それで、どうしたんだって？　──うん」

治代は緑川の顔から血《ち》の気《け》が失《う》せているのを見て、ただごとではないと思った。

「──分った。お通夜が……。──ああ、そうか。警察が？　──そうだな。じゃ、すぐに一旦戻るよ」

緑川は通話を終えると、そのまましばらくぼんやりと座っていた。

「──緑川さん。大丈夫ですか？」

治代が少し大きな声で呼びかけると、

「はあ。──ええ、大丈夫です。すみません！」

と、立ち上ろうとした。

「危いわ！」

と、治代はよろけた緑川をあわてて支えると、「立たなくても。──ね、座って。落ちついて。待ってて下さい」

治代は、急いで会議室を出ると、給湯室へ行って濃いお茶をいれ、運んで戻った。

「これを飲んで。──ね、少しすっきりしますから」

「すみません。本当にもう……」

「手が震えてる。こぼれますよ！」

治代は緑川の手に手を添えて、ゆっくりと飲ませた。

お茶の苦さに、緑川は目を丸くして、

「——どうも」

と、息をついた。「すみません。気をつかっていただいて」

「どうなさったの？」

と、治代は座って、「どなたか亡くなったんですか」

「同僚が……。優秀な奴だったんです」

「じゃ、ショックですね。今、お話に警察がどうとか出ていましたけど……」

「それが……変死なので、一応警察が調べるというんです。ですから、まだすぐにはお葬式もできないと……」

「そうですか。どうして亡くなったんですの？」

「転んだんです。——ええ、自宅で転んだ拍子に頭を柱にぶつけて……。酔って帰って、足もとが覚束《おぼつか》なかったんです」

「そうなんですか」

治代は肯《うなず》いて、「でも——どうして緑川さん、それをご存知？　今、亡くなったと聞いたばかりなんでしょう?」

緑川は目を見開いて、じっと治代を見ていたが、やがて口を開いた。

「――そうなんです、僕が奴を殺したんですよ」

治代は、聞き間違えたかと思った。

「――今、何ておっしゃいました?」

「僕が湯原を殺したんです」

と、緑川はくり返してから、急いで付け加えた。「もちろん、わざと殺したわけじゃありません。弾みなんです。酔って眠り込んで目がさめると、湯原の奥さんと同じベッドに――」

「ちょっと! ちょっと待って下さい」

と、治代は遮って、「それじゃわけが分らないわ、緑川さん。落ちついて、初めからゆっくり話してみて下さいな」

「いや、しかし……」

「話せば落ちつきます。そういうものですわ」

治代のいつも通りの冷静な口ぶりが、緑川の動揺を抑えたようで、

「分りました」

と、何度も肯くと、「それじゃ……聞いて下さい」

「話してみて下さい」

治代は何だか自分が精神科の医者にでもなって、患者の話に耳を傾けているような気がした……。

緑川は、昨夜、酔《よ》い潰《つぶ》れた同僚を自宅まで送って行ったところから始めて、朝になって目がさめ、勘違いした湯原に殴りかかられたこと、弾みで倒れた湯原が柱に頭を打ちつけたこと……。

そして、夫人から、

「あなたのせいではないから」

と言われて、こうしていつも通りに出勤して来たことを説明した。

——何てまあ真面目《まじめ》な人。

治代は、普通なら知らん顔でいるだろうに、「自分が殺した」という思いに押し潰されそうになっている緑川を見て感心した。

「奥さんがそこまで言って下さったのなら、いいじゃありませんか」

と、治代は言った。「きっと奥さん、警察にもそう話してますよ」

「それはよく分ってるんです。ありがたいと思います。でも、なおさら逃げた自分が卑《ひ》怯《きよう》に見えて……」

緑川はハンカチを取り出して、額《ひたい》の汗を拭《ぬぐ》った。

そのとき、会議室のドアをノックして、

「永山さん、います？」

と、呼ぶ声がした。

「はい」

と、治代は立ち上って、「ちょっと待ってて下さいね」

会議室を出ると、

「お電話、机の方へつないであります」

「ありがとう」

急いで席へ戻ると、出入りの業者から、見積りのことでの連絡だった。

二、三分のやりとりで話は終って、治代は会議室へ戻ろうとしたが——。

こんなことをしていていいのかしら？

私は、あの緑川さんの持っている一億円の小切手を、うまく処理しなくてはならないのだ。

その瞬間、ある「考え」が、治代の頭にひらめいた。

——会議室のドアを開けると、治代は黙って椅子にかけた。

「申しわけありません」

と、緑川は大分いつもの様子に戻って、「仕事のお邪魔をして。——僕もそういつまでもここで座っているわけにも……」

「緑川さん」

と、治代は思い詰めた表情で言った。「逃げて下さい」

「——え?」

「今、警察の人から電話で、あなたがここへ来ているかと訊《き》いて来ました」

緑川がまた青ざめる。

「私、いる、と答えました。そしたら、すぐ駆けつけるから、それまで帰さないように引き止めておいてくれと言われました」

「警察がここへ?」

「ええ。『その男は殺人容疑者だから、用心してくれ』とも」

「——そうですか」

「きっと、亡くなった方の奥さんの気持が変ったんだわ。そのときは、実感がなかったんでしょう。でも、後になって、やっぱり悲しみとショックで混乱して……。あなたのことを話したんでしょう」

「じゃあ……捕まるんですか」

「しっかりして! 今なら逃げられます。荷物用のエレベーターがあって、そこから出れば、裏へ出ます」

「しかし……」

「一旦、容疑をかけられたら、そう簡単には晴れませんよ。どうします? 留置場で厳しい取調べを受けて、ありもしないことをしゃべってしまったら、何十年も刑務所かも」

「でも、どうすれば――」

「一度、ここは逃げて姿を隠すんです。その奥さんも、落ちつけば本当のことを話すようになりますよ」

「そ、そうでしょうか」

「私、お力になります。今はともかくここから出て」

「あなたにご迷惑が――」

「心配しないで。何とでも言い逃れしますから。これを――」

自分の財布につけてあるキーホルダーからアパートの部屋の鍵《かぎ》を外《はず》して、「これ、私のアパートのです。中に入ってて下さい」

「でも――」

「あなたを助けたいの！　――場所は、ここです」

メモ用紙に手早く地図を書いて、「さあ、これを持って、早く！」

緑川は立ち上ると、

「じゃあ……お言葉に甘えて」

「私は、やりたくてやっているんです」

と言うなり、治代は緑川を強く抱きしめて唇を唇に押し付けた。

緑川は「固まって」しまって、治代が離れても、しばし呆然《ぼうぜん》としている。

「もとからこうしてみたかったの」

と、治代は言うと、ハンカチで緑川の唇の口紅を拭き取った。「――さ、こっちへ来て!」

治代は、会議室を出ると、緑川の手を引張って、荷物用エレベーターの方へと急いだ。

「永山さん……」

「治代と言って下さい」

「治代さん……。ありがとう」

「そんなことは後でゆっくり!」

エレベーターが来ると、緑川を乗せ、「――じゃ、アパートで待ってて!」

と言った。

「分りました」

扉が閉る。

治代は、荷物用のエレベーターが下りて行く音を聞きながら、大きく息をついた。

とっさの考えにしてはうまく行った。

でも――この先は?

治代は、席へ戻ると、両隣が席を空けているのを見て、電話へ手をのばした。

「――M銀行ですか。支店長を。――個人的な知り合いです」

少しして、向うが出た。

「支店長ですが……」

「申しわけありません。そちらの湯原さんという方が亡くなりましたね」

「ええ。それが……」

「緑川という人が殺したんです」

「何ですって？」

「緑川は、湯原さんの奥さんと関係があったんです。調べてみて下さい」

「待って下さい！　あんたは——」

治代は電話を切った。

少しもドキドキしていない自分がふしぎだった。これで緑川が失踪《しっそう》すれば、事実と思われるだろう。

治代は、ちょっと笑った。

何て悪知恵が働くのかしら、私って！

10　取り違え

「お邪魔しまーす」

と、今日子が部屋へ入って言った。

「一番先に入って、お邪魔しますもないもんだ」

と、爽香は明男と二人でスリッパを脱ぎながら言った。

「申しわけないって気持が、言葉になって出たのよ」

「ちっとも申しわけないなんて思ってません、って顔に書いてある」

「そう？」

「——ともかく、着替えて。明男、温泉に入る？」

「俺は……後でいいよ」

「あら、せっかく来たんだから、入ったら？」

と、今日子が言った。

「明男はそう温泉とか好きってわけじゃないんだよね」

と、爽香が言うと、

「いや、そうじゃないんだ」

と、明男は言った。「大きな風呂に、大勢で入るっていうのが、刑務所での入浴を思い出させるんで、何となくいやなんだよ」

今日子がハッとした様子で、

「――そうか」

「いつも思ってた。家の風呂に、一人きりで入りたいって」

明男はコートを脱いで爽香へ渡した。「刑務所の入浴って、知ってるかい？　周囲、グルリと大きな窓があって、それを全部開け放して入るんだ。一度に三十人。看守が四方に二人ずつ立って見張ってる。――お湯に入るのも一斉《いっせい》、体を洗うのも一斉にやるんだ。一分浸《つか》って、出て、五分で洗って、もう一度一分入る。それでもう出なきゃいけない。――刑務所をたまに見学に来る人たちがいても、同じさ。見られて恥ずかしいなんて言っちゃいられない」

今日子は肯《うなず》いて、

「じゃ、部屋のお風呂に入れば？　二人で。私、大きい方に入って来るから」

と言った。

「後でゆっくり入るよ」

と、明男は言った。「爽香、セーター出してくれ」

「うん」

と、爽香は言って、「ちょっと待って。中のもの、ちゃんと出しちゃうから」

うぐいす色の旅行鞄を手に、爽香は奥の部屋へ入って行く。

「紅葉がきれいだな」

と、明男が窓辺に寄って言った。

「——悪かったね」

「何だよ。今日子らしくないぞ。もっと図々しくしてろ」

「何よ。私って、そんなに図々しい?」

「まあな」

「ひどい奴!」

と、今日子は笑った。

——爽香が、鞄を手に、

「これ、違うよ」

と出て来た。

「違う、って?」

「私たちのじゃない」

「——まさか」

「本当だよ。全く同じバッグ！」

「じゃ、俺たちのは？」

「大丈夫。これを手から離したのは、ここのマイクロバスの中だけだもの。ここの客だよ」

「こんな地味なバッグが？　偶然ってのはあるんだな」

「ありがたくない偶然もね」

と、今日子が言った。

——爽香が旅行鞄を手に、フロントへ行ってみると、

「確かにあのバスの中で……」

と、情《なさけ》ない顔で訴えている若い女性がいた。

その後ろに立っているのは、父親ぐらいの年齢の男性。

「これでしょ？」

爽香が声をかけると、若い女性が振り向いて、

「あった！」

と、飛び上った。

「全く同じバッグだったのね。珍しい」

「良かった！　どうしようかと思ってたんです」

二人はお互いのバッグを交換して、

「本当に……」

「まるで同じね。どこで買った？」

と、爽香は訊いた。

「Mデパートです」

「私、Iデパート」

「じゃ、向い同士ですね」

「おかしいわね」

二人は一緒に笑った。

「――私、杉原爽香。一応ハネムーンです」

「まあ、おめでとうございます」

と、その女性が言った。「私、涼子。『涼しい』という字です。こちらは――ま、旦那《だんな》みたいなもの」

「おいおい」

と、男の方が苦笑して、「柳原です。いや良かった！　もうこれが大騒ぎして」

「でも、まさか、全く同じバッグなんてね。――じゃ、またお風呂ででもお会いするかも」

「そうですね！」

爽香はその二人と別れて、部屋へ戻った。

「――あったぞ」

「すぐ分ったのか」

「向うも青くなって、フロントへ飛んで来てたよ」

「あちらはどんな人?」

と、今日子が訊《き》く。

「一見して分る、不倫旅行。中年の男と、二十二、三の女」

「へえ」

「でもね……」

と、爽香が言いかけてためらった。

「どうした?」

「何でもない」

と、首を振って、「さ、着替え出すからね」


河野は、苛々《いらいら》していた。

どうしたんだ、一体? ――うまく行ったのかどうか、治代は何も言って来ない。

終業のチャイムが鳴って、河野は仕方なく治代の席へと行ってみた。

治代は帰り仕度をして、もう席を離れるところだった。

「永山さん」

と、河野は声をかけた。

「はい。何かご用ですか？」

「あ、ちょっと……」

「急ぎでなかったら、明日にして下さい。今日は用があるので」

呆気《あっけ》に取られている河野を尻目《しりめ》に、治代はさっさと行ってしまう。

河野はあわてて追いかけた。

「待てよ、おい！」

「何ですか？」

「何って――決ってるじゃないか！」

と、声をひそめて、「あの件、どうだったんだ？」

「ああ、そのことなら、もう忘れて下さい」

と、治代はあっさりと言って、「じゃ、お先に」

河野は、狐《きつね》につままれたような顔で、その場に突っ立っていた……。

――治代はエレベーターで一階へ下りると、ロビーを横切って行った。

ビルの入口の自動扉から、コートを着た男が二人、入って来て、

「ちょっと失礼」

と、治代へ声をかけた。

「何でしょう?」

「〈Sエンタープライズ〉というのは……」

「私、そこの者ですけど」

「そうですか。ええと——永山さんという女性はどこへ行けば」

刑事だと直感していた。

「私が永山治代です」

「やあ、これは……。運が良かった。実は警察の者ですが」

「何か私、いけないことでもしまして?」

「いや、そういうわけじゃないんです」

と、刑事は笑って、「ちょっとお時間をいただいても?」

「十五分くらいでよろしければ」

「充分です」

治代はビルを出てすぐのティールームへ入って、話を聞くことにした。

「——まあ、緑川さんが?」

「ご存知ですね」

「毎週二回、必ず来てますから」

「今日は？」

「ええ、来ました。何だか具合悪そうで、心配したんですけど」

「ほう」

「それで……」

「あなたの所を出て、どこへ行くとか言っていましたか」

「いいえ。何だか、私と話していたときに携帯へ電話がかかって、同僚の方が亡くなったとかで。それで、すぐ帰ってしまったんです」

「なるほど。——緑川さんが付合っている女性とか、ご存知ないですか」

「プライベートなことまでは、話しませんので」

「そうでしょうね」

と、刑事は肯いた。

「何があったんですか？」

「その死んだ同僚というのを、殺した疑いがありましてね」

「まさか！　とても真面目《まじめ》な人ですよ」

「真面目な人間の方が、追い詰められて、とんでもないことをやるもんですよ」

「でも——銀行へ戻らなかったんですか」

「ええ、外回りから、そのまま姿を消したんです。——どうもお引き止めして」

「いいえ」

ティールームを出ると、刑事たちはていねいに礼を言って立ち去った。

治代は、自分がこれほど嘘が上手《うま》いとは思ってもいなかった……。

「何かおかずを買って行こう」

治代はそう呟《つぶや》くと、近くのデパートへと足を向けた。

11　裸の付合い

「いいなあ、温泉」

と、今日子がのんびりお湯に浸《つか》って手足を伸《の》ばした。

「何、呑気《のんき》なこと言ってんの」

と、爽香は苦笑した。「こんな医者がいるの?」

「ま、そう言うなって。邪魔しちゃって申しわけない。でも、こっちだって深刻なのよ」

「どの辺が?」

大浴場は、他に三、四人の女性を数えるだけ。白い湯気が立ちこめて、いかにも温泉らしい匂《にお》いがする。

「でも、爽香」

と、今日子が言った。「子供、作るの?」

「まあ……その内ね」

「今、二十七……。今すぐできても、産むのは二十八だね」

「できてもいいとは思ってるの。その方が家は落ちつくでしょ。今の職場も、子供ができても辞めなくていいって言ってくれてるし」

もちろん、それは〈Ｐハウス〉が田端将夫の影響下にあるからで、その点は爽香自身、承知している。

「あの社長さん、田端っていったっけ。刈谷祐子《かりやゆうこ》と結婚した――。もう、したの?」

「去年の七月にね」

「そうか……。あの刈谷祐子って人も、個性の強い人だったね」

爽香から見れば、今日子だってそうだ。しかし、人間、誰でも『自分は普通』と思っているものなのだ。

ガラガラと戸が開いて、白い肌の若い女性がタオルを手に入って来た。

脱衣所は寒いので、入るときは体が冷えている。

「――あ、あの人だ」

と、爽香は小声で言った。

「え?」

「旅行鞄、取り違えた……」

「ああ」

ザッとお湯をかぶって、そっと体を沈めてくる。――冷えた体には、お湯は初め熱く感じられるので、ちょっとためらっている。

「大丈夫。すぐ慣れますよ」

と、爽香が声をかけると、

「あ、さっきの……。失礼しました」

「いいえ。——これ、私の友だちです」

「涼子です」

と会釈《えしゃく》して、「でも——ハネムーンって言ってませんでした？」

と、ふしぎそうに訊《き》く。

今日子は澄まして、

「私、夫婦生活コンサルタントなの」

と言った。

涼子は目をパチクリさせていたが、

「——私もご指導を仰ごうかな」

と言って笑った。

他に体を洗っていた中年の女性たちが一斉に出て行って、大浴場は爽香たち三人だけになった。

「ご一緒の方は〈男湯〉の方に？」

と、爽香が訊いた。

「いえ、部屋にいます」

と、涼子は顎《あご》のところまでお湯に浸って、「いい気持！　――入ろうって言ったんですけど、男の人は面倒がるんですよね。女の方がよっぽどまめに入りますね」

「それはそうかも」

と、今日子が肯《うなず》く。

涼子は別に訊かれもしないのに、

「彼とは、お察しの通り、不倫の旅です」

と言った。「でも――これが最後になると思うんで」

「そうなんだ」

「いつまで続けてても、問題は解決しないですもんね」

爽香は、涼子の寂しそうな目を見て、

「あなた、おいくつ？」

と訊いた。

「二十四です」

「彼は？」

「今……四十六かな」

「大した差じゃないね」

今日子が勝手なことを言っている。「私がコンサルティングするまでもなく、情熱的な夜になりそう」

「だといいけど」

と、涼子は笑って、「緊張しやすい人なんで……。これが最後、とか思っちゃうと、却《かえ》ってだめかも」

「男は単純だけど、その分、おだててやるとすぐにその気になるもの。うまく使い分けて頑張ってね」

と、今日子は励ましている。

何人か、入って来た客もいて、三人の話もそれきりになった。

——爽香と今日子は、先に出て、

「さっぱりしたね」

と、冷えた廊下を急いで辿《たど》る。

「なかなか人柄、良さそうだね」

と、今日子が言った。「中年男にゃもったいない。別れて正解よ」

「うん……」

と、爽香は何やら考え込む。

「どうしたの？」

「大したことじゃないの」

と、爽香は言った。「ただ、鞄の中身が……」

「鞄の中身？」

「そんなことより、今日子は自分がどうするのか考えな」

と、爽香は言ってやった……。


「緑川さん」

と、永山治代は声をかけた。「大したものはないけど、食べて」

「はあ……」

緑川は、治代のアパートの畳にあぐらをかいて、ぼんやりしていた。――ネクタイを外《はず》して
しまっているので、いつもの緑川と全く違って見える。

「どうなさったの？」

「いえ……。何だか、夢でも見てるような気になって」

と、立ち上って食卓につく。「すみません、図々しく」

「何を言ってるの。私がこうしてと頼んだのよ」

ご飯をよそって渡すと、緑川はゆっくりと食べ始めた。

「――やっぱり、いけなかったかしら」

と、治代は目を伏せて、「ちゃんと警察へ自首して、本当のことを話せば……。私が余計なことを言ったばっかりに。ごめんなさいね」

「とんでもない！　あなたがそんな風に考えることはありませんよ」

と、緑川は言った。「やったのは僕です。こうして逃げて来たのだって、僕自身の判断です。――違うんです。僕がボーッとしてるのは」

「それじゃ、なぜ？」

「突然、銀行という職場から切り離されて、一人になると、どうしていいのか、何をしていいのか分らない。――子供じゃないのに、上から何か言われないと何もできない自分が見えてゾッとしたんです」

「今は自由よ。何もしなくていい」

「――自由か」

緑川は笑って、「そう考えると、何だかホッとするな」

「じゃ、ともかく今は食べましょ」

と、治代は言った。「私も食べるわ。それからお風呂に入って、ゆっくり眠って。――明日になれば、色々事情も変っているかもしれないわ」

「そう。――そうだな」

と、食べ始めて、「今夜……泊ってもいい？」

「もちろんよ。どこへ行くつもり？」

「いや……。女性の一人暮しの所へ……」

「一緒に寝て。もちろんそのつもりで来てもらったのよ」

治代はじっと緑川を見つめて、「私のこと、抱く気になれない？」

治代は、自分がこんな風に男を誘うことがあるとは、思ってもみなかった。

それに、自分が魅力のある女だとも思っていない。

しかし、追われている身の緑川としては、自分を命がけでかくまってくれる女を、特別な目で見てしまうのだろう。

「治代さん……。妙だな」

と、緑川は笑って、「ずっと知ってるのに、こんな風に見たことはなかった」

「じゃ、これからゆっくり見直してね」

治代はご飯を食べながら、「あなたの好物は？　——私も、あなたのこと、何も知らないんだわ」

「お互い様だな」

「そうね。——お互い、ひけめを感じることないんだわ」

明るい笑いで、ずいぶん気分がほぐれた。

電話が鳴って、治代は立って行った。

「――はい。――もしもし？」

「僕だ」

河野だった。

「ああ……」

「どういうことだ？　今になって気が変ったって言うのか？」

「ええ。――あなただって、やりたくなかったんでしょ？」

「いいか、僕が言ったんだぞ。元はといえば、君が困ってるから、相談にのったんじゃないか。それを、もう忘れろって言われても、そう簡単に忘れられると思うかい？」

「そう言われても……」

「一億円はどうしたんだ？　うまくやったのか？　金が入ったら、僕と分けるのが惜しくなったのか」

治代は嘲笑《あざわら》ってやりたかった。

惜しくなったのは河野の方なのだ。

共犯になるのを、あんなに怖がっていた河野だが、治代が一億円をうまく手に入れたのかもしれないと思うと、急に惜しくなり始めたのだ。

「ともかく色々事情が変ったの。また今度いつかゆっくり説明するわ」

と言うと、電話を切ってしまう。

「——どうしたの?」

と、緑川が訊いた。

「何でもないの」

と、治代は食卓に戻って、「さ、食べてしまいましょう」

——食事がすみ、治代はお風呂にお湯を入れた。

そして、先に入浴して出て来ると、緑川が当惑した表情で電話のそばにいる。

「どうしたの?」

「今……電話が鳴って……。あんまりしつこく鳴ってるんで、つい受話器を取ったら、河野さんだった」

「河野さんから?」

「今、この近くだって。——何だか怒ってるようだったよ」

治代は必死で考えていた。

「——あなたのこと、分った?」

「いや、僕はほとんど口をきかなかったから……」

治代は服を着た。——緑川を味方につけるいい機会かもしれない。

緑川も一応河野の顔ぐらい分るが、仕事の上で付合いがあるわけではない。その点は河野も同じである。

当然、河野は治代と緑川が「組んだ」と思い込むだろう。

河野はこのアパートへ来たことはないが、捜し当てて来るに違いない。

治代は緑川の前に座ると、手をついて、

「隠していてごめんなさい」

と、頭を下げた。

「何を？――河野さんと君が……」

「違うの！」

と、強く首を振って、「確かに――何回か寝たけど、あの人におどされてのことなの。あんな人、大嫌いよ」

「どういうこと？」

「緑川さん。河野は――あなたの今日持って来た一億円の小切手を、私に着服しろと言ってるの」

「何だって？」

「借金で大変なのよ。ギャンブルや遊びに使ったお金が何百万円もあって……。その内の半分は私に借りさせたの。だから、私も金を返せとおどされてる」

「そんなひどいこと……」

「今日、あなたが、たまたまあんなことになって、私にはとてもできなかったわ。河野はね、今なら却ってあなたのしたことにできるって言うのよ。——でも、そこまでは私、したくない」

「治代さん……」

「心配しないで。あなたはどこかへ隠れて——。いえ、だめだわ。男の声を聞いた以上、誰かいると思うわ」

治代は立ち上って、「一旦ここを出て！　もう暗いから、どこかこの近くで待っていて」

「でも河野が来たら？」

「男のことを訊かれても黙ってる。殴られたって平気よ。一億円のことは、できないって言うわ」

「それですむ？」

「分らないけど……。あの人だって、殺しゃしないわ」

治代はせかして、「さ、早く。——しばらくして、私が外へ出て行かなかったら、見に来て」

「僕が話をするよ」

「だめ！　一一〇番されるわ。ね、あなたは隠れててくれればいいの」

治代は、緑川をアパートの部屋から押し出した。

「——何かあったら大声を出すんだ。近くにいるから」

「ええ、分ったわ。早く行って！」

治代は、緑川の姿が見えなくなると、玄関のドアを閉めた。

「さあ……。度胸を据えてかかるのよ」

治代は自分へそう言い聞かせて、河野がやって来るのを待った……。

12　ねじれた心

「まあ、あなた」

と、布子は夫が居間の入口にボーッと突っ立っているのを見て、びっくりした。

「飯《めし》、まだか？」

と、河村がトロンとした目で言った。

「お腹空《なかす》いたの？　ちゃんと取ってはあるけど、もう夜中よ」

「何時だ？　――一時？」

河村は目をこすって、「夜中の一時か」

「そうよ。あなた、七つの女の子が殺された事件で呼び出されたけど、途中で貧血起して倒れたのよ。タクシーで帰って、それから今までずっと眠ってた。――思い出した？」

「ああ……」

河村は欠伸《あくび》しながら、「そういう夢を見た、と思ったんだが……」

「夢じゃないわ、現実よ」

と、布子は言った。「じゃ、今おかずを電子レンジで温めるから」

「うん……」

河村はソファにドサッと身を沈めた。「もう年齢《とし》だな！　こんなこと、初めてだ」

「爽香さんたちの結婚式もあったし、くたびれてるのよ」

と、布子は言った。「少しお休みを取らせてもらえば？」

河村は少しの間黙っていたが、

「七つの女の子は、パンツを脱がされて、いたずらされてた。どんなに怖かったか、それを考えただけで胸が痛い」

布子はソファの後ろに立って、夫の肩に手をかけた。

「気持は分るわ。でも、あなたが過労で倒れても、犯人は気にしやしないのよ。ちゃんと元気でないと、手掛りだって見逃しちゃうかもしれないでしょ」

「うん……」

「ともかく、二、三日でいいわ。休んで、思い切り眠って」

河村はちょっと笑って、

「分ったよ。心配させてすまない」

チーンと電子レンジが鳴った。

「さ、食べた食べた！」

と、布子はポンと夫の頭を叩《たた》いた。「あら、いい音ね」

河村は立ち上ると、布子を抱き寄せてキスした。

「ちょっと……何してるの」

「疲労回復の妙薬だ」

と、河村は布子の胸《むな》もとに唇をつけた。

「却《かえ》って疲れるわよ」

と、布子は笑って言った。

すると、

「ママ……」

二人がギョッとして離れると、爽子がパジャマ姿でトロンとした目をして、「喉《のど》、かわいた……」

と言った……。


「おい……」

と、明男が爽香の肩を軽くつかんで、「起きろよ」

「うん……」

爽香が目を開けて、「だめよ。今日子が起きちゃう」

明男が笑って、

「何を寝ぼけてんだ？」

「え？」

「もう朝だぜ」

爽香は布団《ふとん》に起き上った。

部屋は二間あるので、入口に近い方に明男が一人で寝て、爽香と今日子は女二人、もう一間に布団を並べて寝た。——何とも妙な「ハネムーン」だったが……。

「今、何時？」

「六時半だ。ちょっと早いけど、気持いいぞ。散歩しないか」

「明男に言われちゃったか」

と、爽香はメガネをかけると、「今日子……」

見れば、隣の布団で、今日子は口を少し開けたままグーグー眠っている。

「疲れてるんだ。寝かしとこう」

「うん」

爽香は静かに布団から抜け出した。

——手早く身仕度して、旅館の外へ出てみると、くっきりと染め抜いたような青空に、紅葉の山がそびえて圧倒されるばかり。

「いいなあ」

爽香は思い切り伸びをして、冷たい空気を吸い込んだ。

「そっちから、少し上りの道がある。行ってみようか」

「うん」

二人は自然に手をつなぎながら、細い道を上って行った。

視界が開ける度《たび》に、山が違う顔を見せて、その都度《つど》、爽香は、

「あ！　滝がある！」

とか、

「見て！　あの紅葉、嘘みたいに真赤だ」

と、子供のようにはしゃいだ。

自然というものに心を動かされるのは、人間らしいことなのだ、と爽香は思った。

この空気の爽《さわ》やかさ、燃える山の赤と黄色の群。――こういうものに何も感じなくなったら、心が病んでいるのではないかと心配した方がいいだろう。

「――見飽きないな」

と、明男が言った。

「うん」

爽香は明男の腕をしっかりつかんで身を寄せた。――明男を「夫」と初めて実感した。

明るい笑い声が聞こえた。

「あの声……」

聞《き》き憶《おぼ》えがあった。

「——ねえ、いいじゃない。あそこ、気に入っちゃったわ」

と、道を下って来たのは、例の旅行鞄を取り違えた、国井涼子と、その彼氏。

爽香と顔を見合せて、

「あ——。散歩？　いいですね」

と言った。

「あなたたちだって散歩でしょ」

「え、まあ……。でもね——」

と、涼子は柳原の腕をしっかりとつかんで、「いい場所を捜してたの、私たち。ね、あなた？」

「え？　——まあね」

柳原が照れくさそうに笑って、「さ、お邪魔しちゃいけない。旅館へ戻ろうよ」

「うん。じゃ、ごゆっくり！」

——爽香は、柳原の腕にしがみつくようにして下って行く涼子の後ろ姿を見送っていた。

「明るい不倫だな」

と、明男が笑って言った。

「うん……」

爽香は何やら真剣に考え込んでいる。

「どうかしたのか？」

「あの子、『いい場所』って言ったけど、何のことだと思う？」

「さあ……。見当つかないな」

「何だか気になるの。――もちろん、気のせいかもしれないけどね」

爽香は、二人が下りて来た方を見上げて、「もう少し上まで行ってみよう。――あの二人がどこを気に入ったか、分るかもしれないわ」

「いいよ。だけど、どの場所か分るのかい？」

「人間、ここがふさわしい、と思う場所って限られてるんじゃない？」

爽香は、坂道を更に辿《たど》って行った。

「おい、ふさわしいって、何にだ？　まさか――」

「黙って。このまま上りましょ」

と、爽香は明男の腕を取って歩き出した……。


インタホンが鳴った。

布子はやっと起き出して、二人の子供のための朝の仕度を始めたところだった。

「はい」

と、インタホンに出てみると、

「おはようございます！」

と、やけに元気のいい声が飛び出して来て、布子はびっくりして目がさめてしまった。

「どなた？」

「野口久司《のぐちひさし》と申します！　河村先輩をお迎えに参上しました！」

布子は、夫が話していた「やたら元気な若い刑事」はこの人か、と思った。

「ちょっと待って下さい」

布子はガスの火を止めると、急いで玄関へ出て行った。

ドアを開けると、見上げるように長身の青年が立っている。

「奥様でいらっしゃいますか。野口と申します」

「ご苦労様。あの——こんな格好でごめんなさい」

布子は、パジャマの上にガウンをはおったまま。

「いえ、とんでもない。うちのお袋なんか、ブラジャーとパンツで宅配便の兄ちゃんを卒倒させました」

布子はふき出してしまった。

「——面白い方ね。主人から話は聞いてるわ」

「僕もです。学校の先生でいらっしゃるんですね」

「ええ」

「学校は苦手でしたので、先生の前に立つと、今でも緊張します」

「まあ。——主人を迎えに？」

「昨日、別れぎわに、『明日は迎えに来てくれ』とおっしゃったので」

「そうだったの。——まだ主人、寝てるの」

「昨日、具合が悪くなられたのは承知しています。いかがですか？」

「過労だと思うの。このところ休んでなかったんで。今朝《けさ》、もう少ししたら起きて、二、三日休ませていただくように電話するつもりなんだけど」

「そうでしたか。——お騒がせして申しわけありません」

「いえ、いいのよ。わざわざ来ていただいて、ごめんなさい」

「とんでもない。河村先輩に倒れられたら、わが国の警察の重大な損失です。どうぞお大事に！」

と、野口は大真面目《おおまじめ》な顔で言った。

がっしりした体格、口のきき方は体育会系の感じだが、全体から受ける印象は少しも角張っていなくてソフトですらある。

小さい目が可愛い、と布子は見ていておかしくなった。

「——おい、待て」

河村が出て来た。

「あなた、起きたの？」

「うん。ぐっすり眠ったら、スッキリした。野口、少し待っててくれ。仕度して行く」

「あなた、大丈夫？」

「ああ。のんびり休むのは、あの犯人を逮捕してからだ」

と、河村は言って、「上ってコーヒーでも飲んでろ。すぐだ」

「しかし——」

と、野口が心配そうに、布子を見る。

布子は笑って、

「言い出したら聞かないわ。野口さん、どうぞ。今、コーヒーが入ります」

「申しわけありません！　失礼します！」

と、野口は一礼して、コートを脱ぐと丸めて傍《かたわら》へ置き、上り込んだ。

「ママ、おはよう」

と、爽子が欠伸しながら起きて来て、野口を見ると、「ママ、大《お》っきい人だね！」

「失礼よ。——お顔を洗って」

と目を丸くした。

「うん」

可愛いパジャマの爽子が洗面所へ。野口はそれを見て、

「七つだそうですね」

「ええ。今度の被害者の子と同じでしょ。ひどい人がいるものね」

「河村先輩も、怒っておられました」

「さ、座って。——コーヒーは、ミルクとシュガー、入れる？」

「どっちもたっぷりお願いします」

妙に「ブラック」などと気どらないところが爽やかである。

「野口さんはおいくつ？」

「二十六です」

「まあ、若いわね」

「お袋に言わせると、十六のときからちっとも成長していないそうです」

布子はコーヒーを出して、

「子供の仕度をさせるので、失礼します」

「は、いただきます！」

野口は、かしこまってコーヒーカップを取り上げた。

——布子は寝室を覗《のぞ》いて、

「大丈夫なの？」

「心配するな。今日は早めに帰るようにするよ」

河村はネクタイをしめながら言った。

「あてにしないで待ってるわ」

布子はそう言って、「爽子、お顔洗った？」

と、洗面所へと急いだ。

13　夢の朝

ドアを叩《たた》く音で、治代は目をさました。

「——永山さん。いらっしゃる？」

「はい！」

と起き上って、「ちょっと待って下さい」

声は、アパートのお隣さんである。

狭い部屋に親子三人で住んでいて、奥さんは近くのスーパーへパートで働きに出ている。

ドアを開けて、

「おはようございます」

「あ、ごめんね。起しちゃった」

「いえ、もう起きるつもりでしたから。今日は、ちょっと立ち寄りなので、ゆっくり出るんです」

いつもなら、もう出勤の時間なのである。

「これ、ゆうべ回って来た回覧なの」

「ゆうべ渡しに来ようと思ったんだけど、何だか——ケンカでもしてた?」

「あ、どうも」

「いやだわ。聞こえました?」

と、治代は赤くなった。

「でも、いいわね。彼氏とケンカしてられるなんて、若い証拠よ」

「そんなこと……」

「じゃ、よろしく。——もう、管理人さんへ返すだけだから」

「はい。ありがとうございました」

「それじゃ」

——ドアを閉めると、治代は足音が遠ざかるのを待ってロックし、チェーンをかけた。

あちらも出勤だ。——大丈夫。しばらくは両隣とも空になっている。

治代は、

「——緑川さん」

と呼んだ。「起きてる?」

布団の中から、緑川が顔を出す。

「もう大丈夫よ。びっくりした?」

「うん……。夢でも見たかと思ったよ」

と、緑川は起き上った。

「待って。——今日は休むと決めたんですもの。まだ時間があるわ」

治代ははおっていたガウンを脱ぐと、裸のまま布団の中へ滑り込んだ。

「これも夢かと思った」

「悪い夢？」

「こっちは天国の夢さ」

と、緑川は言って、治代を抱き寄せた。

二人は肌のぬくもりを味わって黙っている。——このまま、永久に時間がたたなければいいのに、と思っていた。

「ゆうべが消えてしまえばいいのに」

と、治代は言った。

「そうだな。でもあれは現実なんだ」

「そうね。あれをそばに置いといて、こうして抱き合ってられるってことも、現実」

治代は、部屋の隅に、毛布をかぶせてあるものの方へチラッと目をやった。

以前は、河野という名の男だったもの……。

「ふしぎだな」

と、緑川が言った。「今まで、交通違反一つしたことのない僕が、湯原さんを死なせて、今度はあいつを殺しちまった」

「私を守ってくれたのよ。——そうよ。私を守ったの。そのために河野を殺したんだわ」

「うん……。分ってるよ。だからちっとも気にならないんだ」

緑川は治代にキスして、「しかし、あれを片付けなきゃな」

「今は無理よ」

と、治代は言った。「暗くなるまで待ちましょう。昼間、死体をかついで車のトランクへ積み込むなんて、不可能だわ」

「うん……」

「でも……」

治代は、緑川の胸に顔を埋《うず》めて、「私のせいで、あなたをとんでもないことに巻き込んじゃった」

「そんなことは言わないでくれ。僕は子供じゃない。自分のしていることはちゃんと分ってるよ」

「でも……。この結果は重いわ」

「うん」

「私——考えたの」

「何を?」

「すべて、なかったことにできないかって」

緑川は目を丸くして、

「それは無理だよ」

「聞いて」

と、治代は指先を緑川の唇へ当てた。

——河野はここへやって来て、治代を罵《ののし》った。

実際には治代を殴るところまでいかなかったのだが、緑川は部屋のドアの前で聞いていて、河野が手を上げると同時に飛び込んで来た。

河野には、本気で殴り合いをするほどの度胸はない。緑川が何者か分らないので、ついそばにあった掃除機のノズルを手にして振り回したのだ。

そんなものが当っても、こぶもできなかったろうが、緑川の方も頭に血が上《のぼ》っている。治代の渡したバット——泥棒でも入ったときのために、持っていた——で、河野の頭を思い切り一撃。

河野は呆気《あっけ》なく死んでしまった。

治代は、死体に毛布をかけ、激しく緑川と抱き合い、二人はそのまま結ばれたのである。

治代の狙《ねら》い通り、事は運んでいた。

問題はどう「着地」を決めるかだ。

「——考えてもみて。あなたが同僚を死なせたことは、万一罪に問われたとしても過失ですもの、大したことじゃないわ。でも、河野を殺したのは別。殺人罪になるのは避けられない」

「分ってるよ」

「でもね、一生逃げ回るなんて、あんまりじゃない？　あんな人のために」

「それはそうだけど……」

と、緑川は言った。「何かうまい方法がある？」

「できるかどうか……。だめでもともとだわ」

治代は起き上って、「私は今、何も疑われてない。つまり、私が証言すれば、警察の人がそれを疑う理由はないわ」

「そうだね」

「ね、一億円の小切手、どうなってるかしら？」

「え？　——ああ、あれは……」

「私、まだそのまま持ってるの。あれは有効よね」

「僕が持ち逃げしたとなったら、無効になるだろうけど」

「それを私たちのものにするの。そして、河野が横領したように見せかけるのよ」

緑川は目を丸くした。

「朝湯っていいね」

と、今日子は言った。「これから毎朝風呂に入ろうかな」

「医者のセリフにしちゃ、素人《しろうと》くさいね」

と、爽香は言って笑った。

——明男との散歩から戻った後、ちょうど起き出した今日子を誘って、爽香は朝風呂と洒落《しゃれ》た。

「お邪魔しちゃったね」

と、今日子はお湯に浸《つか》って目をつぶり、「——ゆうべ一晩、よく考えたの。騒いでも仕方ないな、って。相手が恐れをなして逃げるだけだ」

「ゆうべ、今日子、グーグー寝てたじゃないの」

「夢の中で考えてたの」

「あ、そう」

「棚橋《たなはし》さんと結婚したいってわけじゃなし、他の女に手出したからって怒るより、こっちも他の男に手出せばいいんだ」

「ついてけないよ、今日子の発想には」

と、爽香は苦笑した。「じゃ、どうするの?」

「今日帰る。——ま、お二人でごゆっくり」

「当り前だよ。ハネムーンなんだから」

「何か医師に相談がある？」

「ありません！　今日子に相談してたら、離婚することになりそうだ」

「——おはようございます」

と、お湯へ入って来たのは、国井涼子だった。

「ああ、さっきは——」

「気持良かったですね」

と、涼子はお湯に浸って、「——しみてくる！　気持いいなあ」

「彼氏も？」

「一眠りするって、布団へ入っちゃいました」

と、涼子は言って、「あの——お医者様なんですか？」

「ええ、一応」

と、今日子は言った。

「頭いいんですねえ。私なんか、勉強全然だめでしたから」

その素直な言い方は好感の持てるものだった。涼子は続けて、

「こんなことなら、もう少し勉強しとくんだった……」

と、ひとり言のように言った。

お風呂の中で、声が響かなければ、聞こえなかっただろう。

「こんなことなら、って？」

と、爽香に訊かれて、涼子はあわてたように、

「え？　私、そんなこと言いました？」

と、笑って、「いやだわ。寝ぼけてるのかしら」

爽香はそれ以上訊かなかった。

——今日子と二人で、風呂から上ると、

「どうするの、彼の方は」

「会わずに帰るわ」

と、今日子は言った。「爽香も知らないことにして」

「私がいちいちそんなこと言うわけないでしょ」

二人が大浴場から階段を上って来ると、ちょうどそこに立っていた男とぶつかりそうになった。

「あ、ごめんなさい」

と、爽香が言うと、

「いや、こっちこそ」

と、振り向いたその男性、今日子と顔をつき合せることになった。

男性が凍りつく。——何と、今日子が、

「会わずに帰る」

と言ったばかりの、「天才的脳外科医」だったのである。

今日子の方が役者は数段上。――むろん、もともと棚橋がここにいると知ってはいたにせよ、顔を合せて、

「あら、棚橋さん！　こんな所で」

と、ニッコリ笑ったのには、爽香も感心した。

「君……どうして？」

さすがの天才も、こういうときは頭が回転をストップするらしい。

「温泉に入りに来たのよ、もちろん」

と、今日子は言って、「この友だちに誘われてね。――杉原爽香さん。こちら、外科の棚橋先生」

「初めまして」

と、爽香が挨拶して、「私、先に戻ってるわ」

「いいのよ。棚橋さんは、医局の方たちとの旅行なんでしょ？」

「え？　ああ――うん、そうなんだ」

「じゃ、お邪魔しちゃ悪いもの。それじゃ、ごゆっくり」

「うん……」

棚橋を後に、爽香と今日子はスタスタと廊下を進んで、

「今ごろ――」

「心臓押えて、ソファでのびてるわ、きっと」

と言って、今日子が笑い出す。

爽香も、その様子を想像すると笑いがこみ上げて来て、止らず、二人はお腹を抱えて笑いながら、部屋へ辿り着いた。

「どうしたんだ？」

と、明男が呆《あき》れている前で、二人はなおも畳の上で転げ回らんばかりに笑い続けたのだった……。

14 虚《うつ》ろな時間

「じゃ、奥様は中学校で教えておられるんですか」

車を運転しながら、野口刑事は言った。「僕も今からまた中学生になろうかな」

河村は笑ってしまった。

「お前は明るくていいな」

「すみません。生れつき、こんな風なんです」

「刑事も変ってくさ」

と、河村は言った。「昔みたいな、汗くさい刑事ばっかりじゃ、なり手がなくなる」

「ねえ、河村さん」

「何だ」

「昔の映画、TVで見ると、日本の刑事って、みんな半袖《はんそで》のシャツをズボンの外へ出してるでしょ。どうしてですかね」

「さあな」

と、河村は首を振った。

この若い部下と一緒にいると、いやでも陽気になってしまう。

組まされて初めの内は、一緒にいるだけでくたびれたものだが、最近は気の滅入《めい》るような現場で、野口の存在が救いになっていることが多かった。

「——殺された子のことで、何か新たに分ったか？」

「阿部《あべ》まなみちゃんですね。——いえ、今のところ……」

「そうか」

こういう事件は、犯人と被害者の間に特別なつながりがない場合が多い。もちろん、知り合いの線でも捜査はするが、単に通りすがりに可愛い女の子を見て犯行に及んだという犯人は、前科でもないとなかなか浮かんで来ないのである。

「今、過去のデータを洗い出しているところです」

と、野口が言った。「——あれ？　こっちでいいんでしたっけ？」

「今の交差点を右だ」

と、河村は言った。

「そうか！　どうも変だと思ったんだ」

と、野口は舌打ちして、「こう目印のない所じゃ、間違えてもしようがないですね！」

自分で理屈をつけてしまうのが、野口らしいところである。

〈Uターン禁止〉のところを強引にUターンし、何とか正しい道へと入ると、さすがに野口も無口になってくる。

宅地開発が途中で潰《つぶ》れたような町で、真新しい住宅が並んでいるかと思えば、突然雑木林である。阿部まなみが殺されたのも、そんな林の中だが、決して人里離れた場所というわけではない。

ほんの二、三十メートルの所には小学校もあり、当然、被害者もそこの生徒になったばかりだった。

林といっても、子供から見れば、運動場で遊んでいて、そのまま足を延《の》ばした場所なのである。

「――ここですね」

車を停めて、野口はロープが張られた林を、辛《つら》そうに眺めた。

河村は車を降りて、少し冷え冷えとした空気を吸い込んだ。

「河村さん、大丈夫ですか?」

「ああ。のんびり寝てられるか」

と、河村は言って、ロープをくぐると、林の中へ入って行った。

阿部まなみの死体は、林のちょうど真中辺り、少し地面が凹《くぼ》んだ所で見付かった。前夜の雨が水たまりを作って、少女の体は半《なか》ば泥水に沈んでいた。

「犯行は昼間。といっても、たぶん夕方だ。子供たちは大体帰ってしまっていたが、上級生や先生たちはいくらか学校に残ってただろう」

「——ちょうど木立ちに隠れて、通りからも見えないんですね」

と、野口が大きな体をかがめて、学校の方を見る。

河村も、その場にしゃがんで、木々の絡まる枝越しに、小学校の校舎を見た。

「遠すぎるな。もう少し近ければ、ここが見えたかも——」

と言いかけて、河村は言葉を切った。

「どうかしましたか？」

「今、校舎の窓の所で何か光らなかったか？」

「さあ……。気が付きませんでしたが」

河村は、校舎のどの窓かを頭に入れてから、

「来い」

と、野口を促《うなが》して、足早に林から出た。

そのまま小学校へと向う。

校門は大分先なので、河村は校庭へ、柵を乗り越えて入った。

「何が見えたんです？」

と、野口があわててついて来る。

「日の光を反射して光った。——もしかすると、レンズかもしれない」

「レンズ……」

校庭を横切ろうとして、河村は、さっき林の中から見た窓が閉っているのを見た。

「さっきは開いてたぞ。——行ってみよう」

二人が校舎へ近付くと、中から体育用のトレーナー姿の男が出て来て、

「何だ、君たちは!」

と、怒鳴った。「柵を乗り越えて来るというのは——」

「警察の者です」

と、河村が身分証を見せると、

「や、どうも……。失礼しました」

「いや、こっちこそ。——あの窓は何の部屋ですか?」

河村が指さすのを見て、

「どれですか? ——ああ、三つめの? ええと……たぶん理科室じゃないですかね」

「中を見せていただいても?」

「もちろんです。どうぞ」

と、先に立って校舎へ入る。「僕は黒木《くろき》といって、ここの教師です」

「あの阿部まなみという子を——」

「教えてはいませんでしたが、知っています。可愛い子でした。家で大事に育てられているこ

とがよく分る、素直な子で」

「犯人は必ず捕まえますよ」

「ええ、よろしく。――母親たちの間にも、不安が広がっていて」

階段を上って、廊下を行くと、「ああ、やっぱり理科室ですね。――鍵《かぎ》がかかってる」

「鍵が？」

「ええ。事務室にありますから、持って来ましょう」

河村は、黒木が戻って行くのを、

「待って下さい」

と、止めた。

「何か？」

「野口、一緒に行って、誰が鍵を使ったか、確かめろ」

「分りました」

「返したばかりなら、指紋がとれるかもしれない」

「はい！」

野口は勢い込んで、黒木と共に階段を下りて行った。

河村は壁にもたれて目を閉じた。

張り切ったのはいいが、軽いめまいに襲われたのだ。――やはり今日一日、休んでいるべきだったかもしれない。

しかし、今のレンズらしいものに反射した光が、もし……。

河村はちょっと苦笑して、

「こんなもの、手掛りの内にも入らないな……」

と呟《つぶや》いた。

しかし、時に偶然というのは信じられないようないたずらをするものだ。

河村は急に気が遠くなった。

しっかりしろ！　――自分へ言い聞かせても、まるで全身の血がどこか別の空間へ吸い出されていくようで、河村はその場に倒れ、意識を失ってしまった。

「――顔色が戻って来たわ」

という声がした。

誰だろう？　――聞いたことのない声だった。

河村は目を開き、ぼんやりとした視界に、誰かの顔の輪郭を見た。

「あ、気が付きましたね」

丸顔の、クリッとした大きな目の女性が、河村の顔を覗《のぞ》き込んでいた。

「ご気分は？　まだ寝てなきゃいけません」

その女性は白衣を着ていた。

「ここは……」

「保健室です。二階の廊下で倒れておられたんで、事務の人たちとここへ運んだんですよ」

「申しわけない。急に気が遠くなって……」

「貧血ですよ。かなりひどいわ」

「はあ。しかし――」

「胃か腸から出血していませんか？　検査は？」

「いや、一向に……」

「いけないわ。胃に痛みは？」

「それはまあ……年中です」

「ちゃんと検査されないと……。ひどいと手術ですよ」

そう言ってから、「失礼しました。刑事さんでいらっしゃるんですね。ポケットの中を拝見して。私、保健担当の、早川《はやかわ》志乃《しの》と申します」

「河村です」

と、起き上る。

「大丈夫ですか？」

「ええ……いや、昨日も失神して」

「まあ……」

「大丈夫。ちゃんと医者へ行きます」

「そうして下さい」

と、早川志乃は微笑《ほほえ》んだ。

暖い、人なつっこい笑顔だ。

「お若いですね、ずいぶん」

と、河村が言うと、照れたように、

「こんな顔ですから、若く見えるんです。もう二十八ですわ」

「やっぱりお若いですよ」

河村は深呼吸して、「もう一人はどこにいます？」

と訊《き》いた。

「もう一人？」

「野口という、一緒に来た刑事なんですが」

「あら……。存じません。お見かけしませんでしたけど」

「参ったな！　じゃ、きっと理科室にでもいるんだ。——あの、どれくらいたってるんでしょう？　つまり、気を失ってから」

「私が見付けて、ここへお連れしてから三十分くらいですわ」

「三十分も！　心配してるだろうな」

「ご連絡しましょうか。でも、どちらにおいでか——」

「ともかく事務室へ連れて行ってもらえませんか」

「分りました。——ふらつきませんか？」

「もう大丈夫です」

「ご案内しますわ」

保健室を出て、廊下を少し行くと、事務室があった。

河村は、事情を話して、

「野口というのが、理科室の鍵を取りに来たと思うんですが」

三人残っていた事務員は顔を見合せ、

「——私、知りませんけど」

「僕も……。いつごろですか？」

「三、四十分前です」

「ずっとここにいたんですけど、おみえになりませんよ」

「おかしいな……。理科室の鍵は？」

女性の事務員が立って行って棚を開け、

「——ここにありますけど」

河村はわけが分らず、自分の記憶がスポッと抜け落ちでもしたかと思った。

「それ、黒木先生が返しに来て、それきり使ってないよな」

「ええ、そうだと思うわ」

その会話が、河村の頭へ入って来るのに、少しかかった。

「黒木先生というのは……体操着の……」

「ええ、そうです」

「黒木先生が返しに来たんですか」

「はあ」

まさか。――まさか、そんなことが。

「黒木先生はどこにいます?」

「帰りましたよ。二十分くらい前かな」

と、事務員が答える。

「そうね。何だか、ずいぶん急いでおられたけど」

河村は、膝《ひざ》が震えた。

そのとき、早川志乃が叫び声を上げた。

振り向いた河村の目に、信じられないものが映った。

野口が、ワイシャツを血まみれにして、壁伝いによろけながらやって来る。

「野口！」

河村が駆け寄ると、野口は床へ崩れるように倒れた。

「あいつが……黒木が……突然ナイフで……」

「分った！　口をきくな！」

河村は早川志乃へ、「救急車を呼んで下さい！」

と怒鳴った。

「一一九番！　大至急ね！」

と、事務の女性へ言って、早川志乃は走り寄って来ると、「出血を止めます。任せて下さい」

「頼みます！　――畜生！」

河村は立ち上ると、拳《こぶし》で壁を殴った。

「しっかりして下さい！」

早川志乃が叫ぶように言った。「しなきゃいけないことがあるでしょう！」

河村はハッとした。

急いで事務室の中へ入ると、

「黒木先生の自宅の住所を！」

と言いながら、「外線は？」

「この電話で〈3〉を押して下さい」

「ありがとう」

体中から汗がふき出して来る。

何てことだ！　——俺がのんびり寝てる間に……。

震える指で、河村はボタンを押した。

15 逃　走

「河村さん、お電話が――」

呼ばれるより早く、河村は事務室の中へ飛び込んでいた。

「はい、河村。――それで？」

「今、黒木という男の家です」

「本人はいたのか？」

「いいえ、母親が一人で。息子のことを訊《き》いてみましたが、泣いてばかりで何も言いません」

「そうか……。まだそっちへ帰っていないのかもしれない。よく家の周囲を見張れ。すぐそっちへ行く」

「分りました」

河村は電話を切ると、急いで表へ取って返した。

やって来た救急車の扉が大きく開いて、野口が担架に乗せられ、中へ運び込まれるところだった。

「急いで頼む。——出血がひどい」

と、河村は言った。

「任せて下さい。近くの病院が受け入れ態勢を整えて待っています」

「よろしく」

河村は、救急隊員へ頭を下げた。

救急車がサイレンを鳴らしながら走り去る。

河村は、祈るような思いでそれを見送った。

「——体力があります。大丈夫ですよ」

振り向くと、白衣の早川志乃が立っていた。

「お手数かけました」

「やめて下さい。出血を止めるぐらいしか、私にはできませんでした」

「いや、ありがとうございます。——まさかこんなことになるとは」

「ご自分を責めないで下さい。それより、黒木先生が犯人なんて……。私どももショックです」

「分ります。これから自宅へ行きます」

と、河村が言って、駆けつけたパトカーの一台へと、「おい！　車を頼む」

と声をかけた。

「一台、現場の林の所へ停めてある。移動しておいてくれ」

気を失っていた自分が不安だった。車を運転していくのが怖い。

パトカーで黒木の自宅へ向うことにして、後のことを若い刑事へ任せ、歩き出したとき、

「刑事さん！」

と、呼ばれた。

白衣を脱いで、ジーンズ姿の早川志乃が駆けて来た。

「私を連れてって下さい」

「黒木の所へ？」

「お母さんと二人暮しだったはずです。何かお役に立つかもしれないと思って」

河村は少し迷ったが、野口の出血を止めてくれたせいで血で汚れている彼女のブラウスの袖口を見ると、拒むこともできなかった。

「分りました。じゃ、一緒に」

「無理を言ってすみません」

二人を乗せてパトカーは黒木の家へ向った。

——河村は、目を閉じた。

血だらけになった野口を見て、河村は半ばパニック状態になっていた。こうしてパトカーの座席で、今はとりあえずできることのない自分に気付くと、改めて自分が取り乱していたと分る。

もし、あのとき……。

「――大丈夫ですか?」

と、早川志乃に訊かれて目を開ける。

「ええ。ちょっと気持を落ちつかせようと思って」

「良かった。また貧血を起されたのかと……」

「刑事がこんなざまじゃ、困ったものですよ」

と、河村は言った。

「映画の中の、いくら殴られても二、三分すればケロリとしているスーパーマンの刑事さんとは違うんですから。あなたも生身《なまみ》の人間です。風邪を引けば熱も出るんですよ。ご自分を大切になさらなければ」

ちょっとむきになっているような口調に、河村が面食らっていると、

「――すみません。生意気なことを申し上げて」

と、顔を赤らめる。

「いや、おっしゃる通りですよ」

河村の方もふしぎだった。――こんな状態で、他の人間から同じことを言われたら、怒っていただろう。

しかし、少しも腹は立たなかった。早川志乃の言葉が心からのものだと分ったからだろう。

「ただね、どうしても考えてしまう。あのとき、僕が黒木と一緒に行っていれば、と」

「でも、あなたが刺されていたかもしれませんわ」

「そう。——恐らくそうなったでしょうね。あの時点では全く黒木のことを疑ってなどいなかったんですから」

「そうなれば、奥様が悲しまれます。——おいでなのでしょ?」

「ええ。中学校の教師です」

「まあ……」

早川志乃は目を窓の外へ向けて、「じゃ、二重にショックでしょうね、奥様には」

「たぶん」

と、河村は肯《うなず》いた。

そして、しばらくの間、二人は黙っていたが……。

「——どうしました?」

と、河村はびっくりして言った。

早川志乃が、肩を震わせて泣いていたのだ。

「何か……悪いことを言ったかな。すみませんでした」

「とんでもない……」

と、早川志乃は涙を手で拭《ぬぐ》って、「何だか——申しわけなくて」

河村は、その涙に濡《ぬ》れた顔を見て、

「もしかして、黒木とお付合いを?」

と訊いた。

「いいえ! ――いいえ、そんなことじゃありません」

と、強く否定する。

「失礼しました。つい、そんな考えが浮かんで――」

「あの先生は、人付合いの下手な、先生の間でもほとんど友だちというものを持っていない人でした」

と、やっと涙を抑えて、「その中では、確かに私は数少ない話し相手だったようです。保健室へ時々顔を出し、私が一人でいるとホッとした様子で入って来て、他愛のない話をして帰りました。でも――保健室は、今たいてい子供たちがいつも出入りしているので、そんなときは、『いや、別に用事じゃないんで、また』と言いわけめいたことを言って、ドアを閉めてしまったものです」

「なるほど」

「私、保健室にいて、何も子供のすり傷や腹痛の手当てだけするのが役目じゃなかったのに……。黒木先生の抱えているものに気付いてあげられなかったことが残念なんです。もっと早く気付いてあげていれば、阿部まなみちゃんも死なずにすんだのに……」

早川志乃が唇をかむ。

河村は少し考えていたが、

「――あなたも、人の心が読める超能力の持ち主じゃないんですから。自分を責めちゃいけません」

と言った。

「ええ……。そうですね。――私ったら、自分で言っといて……」

早川志乃が息をつく。

そのとき、パトカーを運転していた警官が、

「この辺ですが……」

と言った。「――あ、あれですね、きっと」

一軒の大分古い木造家屋の前に、パトカーが二台停《とま》っているのが目に入った。

「――ここで停めてくれ」

と、河村は言った。

その家の前には、近所の人なのか、野次馬が十人近くも集まって来ていた。

「じきにマスコミも事件を聞きつけてやって来るだろう」

手前でパトカーを降りると、河村は早川志乃を促して、その家へと歩き出した。

足早に道を急ぎ、その家の前を素通りするように見せて、素早く向きを変え、玄関を入った。

「――河村だ」

と、警官へ言って、「変りは？」

「今のところ何も」

「そうか」

河村は肯いて、「母親は？」

「その部屋です」

覗《のぞ》くと、明りを消した薄暗い六畳間に、髪の白い婦人がうなだれて座っていた。

河村は、声をかけあぐねて、早川志乃の方へ目をやった。

「――お母さん」

と、志乃が入って行って母親の傍《かたわら》へ膝《ひざ》をつく。「早川です、学校の」

黒木の母親はゆっくりと顔を上げると、

「まあ……。早川先生」

「私も何と言っていいか……。幹夫《みきお》さん、どこに？」

「分りません。あの子は……あの子は本当に……」

と、声を詰らせる。

「お母さん。今はともかく幹夫さんを見付けるのが第一です」

と、志乃が元気付けるように言ったが、母親の方は泣くばかりである。

河村は膝をついて、

と言った。「息子さんは刑事を一人刺して、逃げました。命にかかわるほどの重傷です。これ以上、人を傷つけたりさせないようにしたい。協力して下さい」

「聞いて下さい」

「そんな……。あの子はそんな子じゃありません！」

母親は必死で反論した。「何かの間違いです。――そうでしょう、早川先生？　そう言ってやって！」

志乃は目を伏せた。母親は志乃の手を握りしめて、

「早川先生。あの子のことはよくご存知じゃないですか。一度は婚約までしたのに」

志乃がチラッと河村の方を見た。

「――お母さん。それはもうすんだことですわ。今はともかく幹夫さんを見付けなくては。ね、何か連絡があるかもしれないでしょ」

「あなたまで……。あなたまでがそんなことを言うんですか」

「お母さん、私は――」

と、志乃が言いかけたとき、電話が鳴り出した。

居合せた全員が、一瞬凍りつく。

「河村さん。私が出ます」

と、志乃が言った。

「分りました」

河村が肯く。——志乃が受話器を取って、

「はい。——もしもし、黒木先生？　——私、早川です。返事して——」

と言いかけたとき、突然母親が飛びつくようにして、志乃の手から受話器を奪い取ると、

「帰って来ちゃだめよ！　警察の人が来てるわよ！」

と、叫ぶように言って、電話を切ってしまった。

「お母さん——」

「あの子は私が守ります！」

と、母親は志乃を押しやって、「帰って下さい！　みんな、出て行って！」

母親の甲高《かんだか》い声が、外の人々にも届いていた。


「——すみません」

と、志乃は言った。「嘘をつくつもりではありませんでした」

「何のことです？」

河村はパトカーにもたれて、「——ああ、黒木と婚約していたということですか」

「あれは事実じゃないんです。黒木先生が母親を安心させるために、私と結婚するとでたらめを……。お母さんは私の方の気が変って婚約を破棄したと思っているんです」

「いいんですよ。別にあなたを責めようとは思いません」

「でも……。あの電話、本当に黒木先生だったんでしょうか」

「さあね。いずれにしても、逆探知の準備もしていなかったんですから、捕まえることはできませんでしたよ」

河村は、胃の辺りが痛んで、また血の気《ち》《け》がひいていくような感じに襲われた。

「学校の先生方に、事情を説明します」

と、志乃は言った。「このままだと、TVや新聞が押しかけて来るでしょう」

そして、河村の様子に気付いて、

「どうしたんです？　顔色が悪いわ。病院へ――」

「そんなことしちゃいられません」

と、河村は首を振って、「黒木を捕まえるまでは、何があろうと……」

だが、突然胃がけいれんを起すように痛んだと思うと、河村は口から血を吐いてうずくまった。

「河村さん！」

志乃が、そばの警官へ、「救急車を呼んで下さい！」

と叫ぶ。

「パトカーの中に寝かせて！　急いで下さい！」

「大丈夫……。大丈夫……」

と、河村は言ったつもりだったが、実際には呻《うめ》き声《ごえ》しか出なかった。

「横になって！　じっとして」

志乃の声が、段々遠くへ消えていくのを感じ、河村は、

「早く……。早く非常線を……」

と呟きつつ、やがて意識を失ってしまった……。

16　水入らず

「やっと二人になった！」

そう言って、爽香と明男は笑いながらビールのコップを手に取り、乾杯した。

――二日目の夕食。

今日子は夕方の列車で帰り、爽香たちはいかにも温泉旅館らしい夕食の膳《ぜん》を前にしていた。

「今日子も、それなりに少し大人になったんだな」

と、明男は言った。「刺身か。何の魚だろ？」

「この辺なら、川魚かな。――ま、一流料亭の味とはいかないだろうけどね」

爽香もはしを取る。

明男はアッという間に一杯目を空《から》にしてお代りする。

「――ずいぶん食べるようになったね」

と、ご飯をよそって、爽香が言った。

「あそこじゃ、いつも腹空《す》かしてたからな」

と、明男が言った。「胃が小さくなっちゃってたんだ。やっと元に戻ったかな」

「もう少し太ってもいいよ」

「でも、まだ二十七だぜ。今から腹が出てたら、ちょっと後が怖いだろ」

二人は、黙々と食事をして、三十分ほどですませてしまうと、

「じゃ、もうひと風呂浴びようかな」

と、爽香が言った。「明男、どうする?」

「そうだな。せっかく来たんだ。入ろう」

「じゃ、一緒に行こう。——待って」

爽香は、電話で食事が終ったと連絡した。

「——少しゆっくり入って来よう。そしたら、その間に布団《ふとん》敷いといてくれるよ」

「うん」

二人は、大浴場へと下りて行って、

「——寒いから待ってないで、部屋へ戻っててね」

爽香はそう言って女湯の方へと入って行った。

また、国井涼子にでも会うかと思ったが、今度はこのご近所らしいおばさんたちが七、八人、団体で入っていて、おしゃべりの声がやかましいほど響いていた。

爽香は、もう何度も入っているので、お湯に浸《つか》って暖るだけ。——二十分ほどして、部屋へ

戻ってみると、もう膳は片付けられていて、布団も敷かれていたが、明男はまだ戻っていない。

「——そうだ」

思い付いて、電話をかける。

初めに母へ、そして父の声も聞いて、少しおしゃべりしてから、一旦切った。

丹羽周子にもかけようと思ったが、明男が戻ってからの方がいいだろう。

ちょっと時間を見て、まだ早いし、いいだろうと、河村布子へかけた。

「はい」

びっくりするほどすぐに布子が出た。

「先生。爽香です」

「あ、爽香さんなの……」

布子の口調がいつもと違う。

「先生、何かあったんですか？」

と、爽香が訊《き》くと、

「いえ、大したことじゃないの」

長い付合いだ。布子がはっきり分るほど動揺しているのが分る。

「先生、言って下さい。却《かえ》って気になるから」

少しためらってから、布子は言った。

「心配かけると悪いけど……。あの人が倒れたの」

「河村さんが？」

「ええ、昼間ね、血を吐いて」

爽香は絶句した。布子が急いで、

「でも、あなたたちのこととは関係ないのよ」

と言った。「胃を大分ひどくやられてて、出血してたのを放っておいたから。私も気が付けば良かったんだけど」

「入院してるんですか？」

「ええ。たぶん手術ね。——今、ちょうど入院に必要なものを取りに戻ったところよ」

「そうですか……」

「でも、普通の胃かいようだから、心配しないで。手術でちゃんと治るから」

「少し静養した方がいいんですよ」

と、爽香は言った。「それより、先生も倒れないようにして下さいね」

「ありがとう。——あなたの声を聞いたら、少し落ちついたわ」

「爽香印、精神安定剤ですから」

それを聞いて、布子はちょっと笑った。

「——実はね、今、幼ない女の子が殺された事件を追ってて、その子の通ってた小学校へ行ったの。そこで……」

爽香は、河村が貧血を起して寝ている間に、若い野口という刑事が犯人に刺されたという事情を聞いて、胸が痛んだ。

河村にとっては、我が身を刺される以上の辛《つら》さだろう。

「そのせいもあったと思うのね。胃に穴があきかけてるって」

「帰ったら、お見舞に行きます」

「そんなこと、今は忘れて。ハネムーンじゃないの。——こんな話で、ごめんなさいね」

「いいえ。何があったんだろうって、気にしてるよりいいです」

「明男君は？」

「今、お風呂です」

「明男君には黙ってて。ね？」

そんな話を聞けば、明男は自分自身の犯行を思い出してしまうだろう。

「はい、分りました。じゃあ……」

「ええ、心配しないで、ゆっくりして来てね」

と、布子は言った。

「はい。——お大事に」

そんなことしか言えない。

爽香が電話を切って、布団の上に座っていると、

「やあ、のぼせちゃったよ」

と、明男が戻って来た。

爽香は、その明男の顔を見て、ふき出してしまった。

「真赤じゃないの！　長く入り過ぎだよ」

「だって、すぐ出ちゃもったいないと思ってさ」

明男は、布団の上に大の字になって引っくり返った。

「濡《ぬ》れたタオル、干さなきゃ」

爽香がタオルをかけて、「──今、うちへ電話したの。お宅へかける？」

「お袋？　いいよ。ちゃんとおみやげ買って帰るから」

「そうだけど……」

爽香は、二組の布団をくっつけると、明男に寄り添って横になった。

二人はしばらく黙っていたが──。

「子供、ほしい？」

と、爽香が言った。

「そうだな……。お前の小さいのがもう一人できるのかと思うと、ちょっと怖い」

「失礼ね」

と、爽香は笑って明男の頰《ほお》に唇をつけた。「――一年くらいしたら、作ろうか。私二十八で、産むときは二十九」

「そううまくいくか？」

「予定よ、予定。――でも、やっぱり一人はほしいね。たとえ明男似でも」

「何だよ、それ」

明男の腕が、爽香を抱き寄せる。


「――寒くない？」

と、涼子が言った。

「ああ、冷えるな、やっぱり」

と、柳原が首をすぼめる。「でも、空気が澄んでていいじゃないか。肺の中がきれいになるみたいだ」

――柳原と涼子は、旅館の庭を、しっかり腕を組み、散歩していた。

他にはチラホラと人がいるだけ。――照明はあるので、暗いわけではないが、それでも夜空を見上げると、これが都会と同じ空かと思うほど星がひしめき合っている。

「私たち……」

と、涼子が言った。

「うん？」

「死んだら、あんなお星さまになるのね」

と言って——涼子は自分で吹き出してしまった。

「おいおい……」

「一度言ってみたかった！」

と、涼子は柳原へもたれかかって、「ね、明日の朝にする？」

「そうだな」

「うんと早く起きようね。誰も起きてない時間に」

「そうしよう」

「じゃ、今夜は早く寝ないと」

「眠れるかな」

「大丈夫よ。私がうんとくたびれさせてやる！」

「それじゃ寝坊しちゃうよ」

と、柳原は言って笑った。

「戻ろうか。——もう一回、お風呂に入ってあったまろう」

「うん」

二人は、それからなお十分近く庭を歩いていた。

二度と夜を迎えることがないと思うと、夜が愛《いと》おしく思えたのかもしれない……。

目を開けて、河村が言った。

「他の女がいるの？」

と、布子は身をかがめて、「私に決ってるじゃないの」

「そうだな」

河村が微笑《ほほえ》む。

「小声でね。みんな眠ってるわ」

明りを落とした病室は、ひっそりとしている。――河村は、深く息をついた。

「痛む？」

「いや……。今は何ともない」

「明日、手術しちゃえば治るのよ。心配しないで」

「ああ……。布子――」

「野口さんはまだ意識が戻らないって」

と、布子は言った。「でも、危いところは脱したから、もう大丈夫ですって」

「――そうか」

「――布子か」

夫が一番知りたがっているのはそのことだと布子には分っていた。

「黒木は捕まってないんだろうな」

「そこまでぜいたく言わないで」

と、布子は夫の手を握った。「ちゃんと他の刑事さんたちがやってくれてるわ。早く治ることだけ考えて」

「そうだな……。すまない、心配かけて」

「妻が夫の心配をしないでどうするの」

と、布子は微笑んで、「明日、朝の内に来るから」

「いいよ。学校、あるだろ」

「夫の手術の終るのを、じっと祈りながら廊下で待ってる妻っていうのを、一度やってみたかったのよ」

河村はちょっと笑って、

「分った。待ってるよ」

「胃に穴があくまで、よく我慢してたわね」

「鈍いのかな」

「そうか。——そうだったのね」

「感心するなよ」

布子は、そっと腰を浮かして、夫にキスすると、

「じゃあ……。ゆっくり休んでね」

と言った。

「うん……。ふしぎなくらい、よく眠れる」

「――そうだ。早川さんって女の人が心配して電話して来たわよ」

「早川？　ああ、あの学校の――」

「保健室の先生ですって？」

「礼を言っといてくれ。救急車を呼んでくれたり、野口の出血を止めてくれたり……。ずいぶん世話になった」

「ええ、伝えておくわ」

布子はそっと立ち上って、「じゃあ、行くわ」

河村は黙って手を上げ、小さく振った。

――布子は病室を出て、静かな廊下を歩いて行った。

「ご苦労様です」

夜間用の出入口で、守衛さんが会釈《えしゃく》してくれる。

外へ出ると、風が強く、布子は思わず首をすぼめた。

「あの……」

という声に振り向くと、

「——河村さんの奥さんでいらっしゃいますか」

声に聞《き》き憶《おぼ》えがある。

「早川先生ですね」

「はい。ご主人、いかがでしょうか」

布子は、その声の中に、小さなものだが、「恋心」を聞き取っていた。

17　朝の風景

「すみません」

早川志乃が頭を下げた。

布子は面食らって、

「何でしょうか？」

と訊《き》いた。

「私、ご主人に嘘をついてしまいました」

――布子は、早川志乃がわざわざ夫の入院している病院まで訪ねて来てくれたのを、そのまま帰らせるわけにもいかず、近くの二十四時間オープンのファミリーレストランへ誘った。

布子も、夕食をちゃんと取っていない。

志乃はコーヒーだけを頼み、しばらく黙っていたと思うと、謝ったのである。

「嘘というと……」

「黒木先生とのことです」

「どういうことですか？」

「ご主人に、『婚約は黒木先生が勝手に言ったこと』と申し上げてしまいました」

志乃は目を伏せた。

「本当はそうじゃなかったんですね」

「はい……。確かに、一度は愛していたと思います。でも——黒木先生の方で、断って来たんです」

志乃は辛《つら》そうに額《ひたい》にしわを寄せて、「あの人は……私の所へ泊っても、私を抱けませんでした。それで自分をとても責めるんです。私が大したことじゃない、と言うと、ますます苦しんで……」

布子は肯《うなず》いて、

「きっと小さい女の子への嗜好があったんですね」

と言った。

「でも——私がもっと努力していたら、あの人はあんな事件を起さなかったかも……」

「それこそ、ご自分を責めてはいけませんわ」

「でも、私は悩んでる子たちの話も聞きます。それなのに、恋人の苦しみに気付かずに——」

「人間、誰にでも、未来を見通すことはできませんわ」

「はい……」

「仕方のないことです。世の中には、『仕方のないこと』が沢山《たくさん》あるんです」

コーヒーが来て、早川志乃はハンカチで涙を拭《ふ》くと、コーヒーを飲んで、

「ありがとうございます」

と、頭を下げた。「気持がとても楽になりました。聞いて下さって」

「私だって、そんなこと言ったら大変。教師でいるのと、母親でいること。折り合いをつけるのは大変ですわ」

と、布子は言った。「実家の親が元気なので、つい子供を任せてしまいます。でなければ、こうして病院へも来られません」

「そうですね」

「そうなれば夫より子供の方を先にするでしょう。はた目には、入院している夫の見舞にも来ないで、ひどい奥さんだと思われるでしょうね」

志乃がホッと息をついて、

「――ありがとうございます。突然こんな風にお会いして、お気を悪くされないかと思っていました」

「教師をやってますと、突然のことには慣れるんですよ」

と、布子は微笑《ほほえ》んだ。「それより、いきなり謝られるんですもの。主人が浮気でもしたのかと思いました」

「まあ……」

志乃は笑ったが、本当の笑顔にはなっていなかった……。

「起きて！　――ねえ、起きて」

揺さぶられて、柳原はギョッとして目を覚ました。

「地震だ！」

「何を寝呆《ねぼ》けてるのよ」

と、涼子が笑って、「二人とも寝坊」

「――え？」

柳原は起き上って、「今、何時だ？」

「八時」

「八時……」

「朝の五時に目覚しかけておいたのにね。二人ともスヤスヤ」

「そうか……。参ったな」

柳原は頭を振って、「やっぱりゆうべは早く寝るべきだった」

「でも、せっかく……」

涼子の方がせがんだのだ。文句は言えない。

「――どうする？」

「八時じゃね。――でも、午前中なら、却《かえ》って人、いないかも。お腹空いたから、朝ご飯食べてからにしよ」

柳原は笑って、

「これが心中の話をしてるカップルか」

と言った。

「死ぬのなんて、アッという間よ」

と、涼子は言って、「そうと決ったら、顔洗って、さっぱりしよう！」

「うん。そうするか」

――柳原は、そうパッとは起きられない。

すぐに体が目を覚ます涼子を見ていると羨《うらや》ましい。

同時に、あの若々しい「生命」を、俺のような先の見えた人間の道連れにしていいものか、

という思いが、また頭をもたげてくるのだ。

あの子はきっと怒るだろうが……。

涼子はすぐに戻って来て、

「早く顔洗っといで！」

と言った。「朝ご飯、食べそこなっちゃうよ！」

――朝食は、部屋へも運んでくれるが、若い人向きには、食堂へ行って食べられるようになっていて、ここならパンとハムエッグ、コーヒー、といったメニューもある。

「――あら、おはよう」

杉原爽香が、ちょうど食べ始めたところである。

「あ、どうも……」

「ご主人は？」

と、涼子が訊く。

「寝坊して、今顔洗ってる。追っつけ来るでしょ」

爽香はそう言って、「そちらの『ご主人』は？」

「うちも同じ。――でも、私のせいだからな」

「いずこも、疲れるのは亭主の方ね」

二人は笑って、一緒のテーブルについた。

十分ほどすると、今度は明男と柳原が一緒に食堂へやって来たので、大笑い。

朝食の席が、何だか妙に盛り上ってしまった。

「――今朝は早く起きるつもりだったんですがね」

明男と涼子が、お茶をいれに立つと、柳原が言った。

爽香は、チラッと席を立った二人の方へ目をやってから、

「一分くらい時間がありますね」

と言った。

「一分？」

「簡潔に。――柳原さん、涼子さんと心中するおつもりですね」

爽香の突然の言葉に、柳原が愕然《がくぜん》とする。

「あの……」

「答えて下さい。イエスかノーか」

と、たたみかけられて、

「――そうです」

「どうしても死ななきゃならないんですか？」

「それは……」

「涼子さんは若いし、あなただって、まだ充分働ける年齢で、重病ってこともなさそうだし。――死なずにすむ道はありませんか」

「私は……あの子は助けてやりたいんですが、あの子も身寄りがなくて、私と一緒に行くと言って……」

「わけを聞いてる暇はありません」

と、爽香は言った。「今日？　明日？」

「この後……。裏山の方へ上って――」

「分ります」

「ですが――」

「どうして分ったかは、どうでもいいんです。――柳原さん。あと一日延して下さい」

「どうしてです？」

「私を信じて。あと一日、待って」

涼子が戻って来る。

「――お二人で何の話？」

「私がね、口説《くど》いてたの」

と、爽香が言った。

「ハネムーンで、他の男を？　凄《すご》いんだ！」

「今はこれが流行《はや》りなのよ」

と、爽香は平然と言った。

「浮気したら殺してやる」

と、涼子は柳原の脇腹を肘《ひじ》でつついた。

「いてて……。おい、少し力を抜いてくれよ！」

と、柳原が情《なさけ》ない顔で言った。

「——じゃ、お先に」

爽香は明男と立ち上り、食堂を出て行った。

柳原は、爽香の後ろ姿をしばらく見送っていた。

「いやだ、何をジロジロ見てんのよ」

と、涼子は柳原の方をにらんで、「まさか本当にあの人に気があるんじゃないわよね」

「何言ってるんだ」

柳原は苦笑した。

ふしぎな女《ひと》だ。

まだ二十七、八だろうが、どこか人を説得してしまうふしぎな力を持っている。

あと一日延して……。

それでどうなるか分らないが、あの女性に言われると、信じてみてもいいような気もしてくる。

いや、俺は死んでも、涼子だけでも残ってほしい。それを涼子が納得してくれたら……。

「なあ」

と、柳原は言った。

「どうしたの？」

「さっき、旅館の人に聞いたんだ。——車を借りて二十分くらい行くと、紅葉のみごとなお寺があるって。いい所らしい。行ってみようか」

「だって……」

「どうせこの時間、邪魔が入るかもしれないし。一日延してさ」

涼子は少し考えていたが、

「じゃあ……今夜は早く寝る」

「うん」

「決り！」

涼子は柳原の肩をパチンと手で叩いて、

「おい、痛い……」

と、また情ない声を上げさせた。


「——永山君」

と、部長に呼ばれて、治代は、

「何でしょうか」

九時の始業早々である。

部長クラスに呼ばれることなど、まずない。

「一緒に来てくれ」

部長について行くと、空《あ》いた会議室へ入り、

「ドアを閉めて」

「はい」

「かけてくれ」

「——何か」

と、治代はおずおずと、「私、何かまずいことしましたか」

「そうじゃないんだ」

と、部長は笑って、「いや、実は——河野のことなんだが」

「河野さん、どうかしたんですか」

「姿を消した」

「——え？」

「休みを取るという連絡もない。急ぎの用で、河野のアパートへ一人やったが、誰も出ないんだ」

「はあ……」

「管理人に事情を話して、鍵を開けてもらった。中で倒れてるってこともあるかもしれんしな」

「はあ」

「中はずいぶん散らかっていたそうだ。引出しが開いていて、通帳などは見当らなかった」

「それって……」

「どうも妙なんだ。逃げたとすれば、何かやったからだろう」

部長は少し間を置いて、「永山君、君、河野と……その、親しい関係じゃなかったのか？」

「そんなこと……」

治代はしどろもどろになって、「いえ――確かに、一、二度河野さんと泊ったこともあります」

と、目を伏せる。

「いや、それを責めてるわけじゃないよ。プライベートなことだしね。ただ、河野がどこへ行ったか、心当りがないかと思ってね」

「さあ……」

治代は、自分の地味な印象を最大限に利用して、「私は遊ばれただけで、本気で付合って下さったわけじゃありませんもの」

と言った。

「そうか」

治代が言えば説得力があるし、少し涙ぐんで見せると、同情もしてくれる。

「まあ、とかく女ぐせはあまりいい奴じゃなかったしな」

「でも――私ももう二十九ですし。騙《だま》されたなんて泣いてられる年齢でもありません」

と、治代は言って、「――あ、そういえば……」

「何だ？」

「この間、エレベーターで一緒になったとき、二人きりだったもので……あの人、私の腰に手を回して来るんで、押しやったら、『近々、金が入るんだ。二人で海外にでも行かないか』って……」

「そう言ったのか」

「ええ。私、『どなたか他にいくらもいらっしゃるでしょ』って言ってやりました」

部長は肯いて、

「金が入る……。どんな金か、匂《にお》わせてなかったか」

「さあ、何も……。本気にしませんでしたし。――何か？」

「河野がもし金を持ち逃げしたとしたら……」

「まさか！」

「君、悪いが、他の社員に気付かれないように、不審な金の引出しがないか、見てくれないか」

「私がですか」

「うん。――もし何か見付けても、上司へ直接言わず、まず僕に言ってくれ」

「はい……。ご命令でしたら」

「君に頼むんだよ」

部長は、治代の肩を叩いて、「悪いようにはしない。僕も、部下がまずいことをしたと宣伝して歩きたくはないからね」

要するに、もみ消せるものならそうしたいのだ。

「できるだけのことは……」

と、立ち上って、「失礼していいでしょうか」

「うん。――これが僕のケータイだ。これにかけてくれ」

と、名刺をくれる。

自分の社の部長から名刺をもらうというのも珍しい話である。

「では……」

治代は先に廊下へ出ると、フッと口もとに笑みを浮かべた。

18 長い時間

「おはよう」

布子は、病室へ入って言った。

「間に合わないかと思ったぞ」

と、河村がむくれている。

「どうしても学校へ連絡しておかなきゃいけないことがあったのよ」

布子は椅子にかけて、「もうわがままな病人になったのね」

と言うと、夫の額《ひたい》にキスした。

「すまん。来てくれただけで感謝してるのに、つい……」

「冗談よ。病人のときぐらい、わがまま言って。聞いてあげるから」

「聞くだけだろ」

「そう」

河村はちょっと笑って、

「──野口の様子、訊《き》いといてくれ」

と言った。

「ええ。分ってるわ」

「さっき医者が来て、手術のことをあれこれ話して行った。あんまりていねいに説明されるのも、却《かえ》って怖くなるな」

「そんな難しい手術じゃないわ。眠ってる間に終るわよ」

「そうだな……」

河村は手をのばして、布子の手を握りしめた。手が熱い。

「だけど怖いんだ。──手術中に突然何かあったら、とか……。絶対ないとは言い切れないだろ」

「それはそうね」

「まあ……万一のときは後を頼むよ」

冗談めかしているが、河村の目は真剣だった。

「大丈夫よ。私がついてるわ」

と、布子は夫の手を両手で挟んで、さすってやった。

「うん……。ありがとう」

病室へ看護婦が入って来る。

「麻酔の仕度《したく》をしますので」

「よろしくお願いします」

と、布子は立って、頭を下げた。

——麻酔担当の医師はやけに陽気な人で、

「刑事さんですって？　いや、僕、TVの刑事物、大好きでね」

と、よくしゃべった。

麻酔はよく効いて、河村はすぐに眠ってしまった。

——布子は廊下へ出ると、胸に両手を押し当てた。

今日一日、手術中は、河村太郎の妻だけでいようと決めていた。

学校へも、

「何があっても連絡しないで」

と言ってある。

——正直、かなり胃の状態はひどいらしい。

急激に大量の出血でもあると、そのショックで心臓が参ることもある、と聞いていた。

「その確率はわずかですから」

と、医師は言ったが、もしそのわずかの「確率」に当れば、その人にとっては「百パーセント」なのである。

でも――大丈夫。私がついてる。私が祈ってるわ……。

河村を乗せたストレッチャーが、ガラガラと廊下を滑って行く。

「手術室は三階ですよ」

と、看護婦が教えてくれる。

布子は深呼吸をすると、エレベーターへと歩いて行った……。


ケータイが鳴った。

早川志乃は、保健室でぼんやりと窓の外を眺めていた。

今ごろ、河村の手術が始まっているだろう。――志乃が祈ったところで、どうなるものでもない。

それは分っているが……。

ケータイが鳴り続けている。

志乃は取り上げて、

「――はい」

と言った。「――もしもし」

この番号を知っている人間はそういないはずだ。

「もしもし？」

と、くり返すと、

「志乃さん」

と、かすれた男の声がした。

一瞬の内に、志乃は現実に引き戻された。

「――黒木さん？　幹夫さんね」

「良かった、出てくれて……」

黒木は、疲れ切った声をしていた。

「幹夫さん……。今、どこにいるの？」

と、志乃は訊いた。

「聞いてどうするんだい？　警察へ連絡するか」

そう言われると、志乃も、

「そんなことしないわ」

と、言わざるを得ない。「お母様が心配して――」

「分ってる。仕方ないじゃないか。今は、どうしてやることもできないよ」

「それは分ってるけど……。でも、どうしてあんなことを……」

「刑事、死んだかい？」

「え？」

一瞬、河村のことを思い浮かべてドキッとしたが、すぐに気付いて、

「重体だけど、命は取り止めるって」

「そうか」

黒木はため息をついて、「とっさのことで、どうしていいか分らなかったんだ。パニックになってた」

「幹夫さん。お願いよ。自首してちょうだい」

「どうせ死刑さ。子供を殺して、刑事に重傷を負わせた。しかも教師が」

「だけど……」

「志乃さん、お願いだ」

と、黒木は言った。「僕と一緒に行ってくれるか。一人じゃ、とてもできない」

志乃は少しの間迷っていたが、

「私と一緒なら、自首して出るの？　約束してくれる？」

と訊いた。

「うん。約束する」

と、黒木は言った。「だからお願いだ。君一人で来てくれ」

黒木をここまで追いやったことに、自分も責任があると思っている志乃は、拒むことができなかった。

「分ったわ」

と言った。

「本当に？　ありがとう！　必ず一人で来てくれよ」

「ええ、一人で行くわ」

と、志乃は言った。「どこへ行けばいいの？」

「昼間は、ホームレスのいる所に紛《まぎ》れてる。夜になったら……。十一時に、N公園の噴水の前で」

「十一時ね。分ったわ」

「君にだけ話したいことがあるんだ。お願いだから、一人で来てくれ。いいね」

「ええ」

「ありがとう」

と、黒木は言って、「君だけは信じてたよ。僕のことを分ってくれてる、って」

通話が切れて、志乃はしばし汗ばんだ手の中のケータイを見つめていた。

——警察へ通報して、夜、現われたところを逮捕させる。

本当はそうすべきだろう。

しかし志乃には分っていた。

自分が一人で、夜、黒木の所へ行くだろうということが。

「僕のことを分ってくれてる」

ですって？

分らないわ。分りようもない。

志乃を殺すというのなら、まだ分るが、あの何の罪もない子供を殺したことを、どうやって「分ってくれ」と言うのだろう？

ともあれ、黒木を警察へ自首させるのだ。

志乃は、窓辺に立って校庭を見渡した。

本当なら、河村が一番行きたがるだろう。

今、正に手術を受けている河村が……。

19　丈夫な心臓

時間はことさらにゆっくりと過ぎて行った。

一時間もたったかと腕時計を見ると、まだ十分余りでしかなく、布子は何度も腕時計が止っていないことを確かめるために、耳もとへ持って行ったものだ。

そのゆっくりとした時間の中でも、河村の手術は休むことなく続いているはずだった。

――それにしても、数時間に及ぶ手術の間、ただ廊下で祈り続けるしかない家族に対して、何の言葉もないのは、辛《つら》いことであった。

手術が早く終れば、「手遅れだったのか」と思い、長くかかれば「そんなにひどいのか」と気が気でないのが、家族の気持である。

せめて、途中一度だけでも、看護婦が、

「手術は順調で、あとこれくらいで終ります」

と、声をかけてくれたら、どんなに気が楽になるか知れない。

看護婦が一人急いで入って行けば、緊急事態かと胸をしめつけられる。

布子は、それでもひたすら待った。

「あなた、頑張って……」

と、口の中で何度も唱《とな》える。

そうすれば夫の耳に届くだろうというように……。

そして——〈手術中〉の文字の明りが消えたのは、実に四時間後だった。

明りが消えると同時に、布子は立ち上っていた。

そして、さらに三十分。

扉が開いて、医師が出て来た。

「河村さん？」

「——そうです」

「思っていたより、手がかかって、大分時間を食いましたが、手術そのものは無事にすみました」

そのひと言を聞いたとたん、布子は目の回るような気分で、一瞬目を閉じた。

「——心臓が途中でやられないかと心配でしたが、大丈夫。立派な心臓をお持ちだ」

「目がさめたら、そう伝えます」

と、布子は言った。

「念のため、集中治療室で一日二日、様子を見ますが、まず問題ないでしょう」

「ありがとうございました」

と、布子は深々と頭を下げた。

「刑事さんだそうで。――きっと生真面目《きまじめ》な方ですな。ストレス性の見本のような胃でしたよ」

「特にこのところ……」

「結局、胃の三分の二を摘出しました」

覚悟はしていたが、その事実は衝撃だった。

「今後は……」

「なに、大丈夫。人間、うまくできてましてね、ちゃんと胃の前後の消化器が胃の役割を果すようになります」

「でも――仕事には差《さ》し支《つか》えますね」

「まあ、刑事として一線で働くのは大変でしょうね。当分は食事も、一日何回にも分けて少しずつ食べなくてはいけないし」

「そうですか」

――何をぜいたくな！　命が助かったのだ。それだけでも感謝すべきなのに。

しかし、布子には分っていた。

河村にとって、「治る」とは単に病気でなくなることではなく、刑事として元の通りに働くことなのだ。

これはまだ言えない。黙っていよう。

「——主人に会えますか」

と、布子は訊《き》いた。

「まだ麻酔が効いて眠っています。二時間くらいしたら、たぶん目が覚めるでしょうが、まだぼんやりしてると思いますよ」

「手だけでも握ってあげたいので。——二時間したらですね」

「たぶんね。直接集中治療室へおいでなさい。風邪《かぜ》などうつさないように、マスクをして、五分くらいしか会えませんが」

「充分です」

「まあ、しばらくは仕事を忘れて、のんびりなさることですな」

と、医師は言って、「では」

と、立ち去る。

その後ろ姿に、布子はもう一度深く頭を下げた……。

旅館のロビーでマッサージ椅子に身を委《ゆだ》ねていた爽香は、

「杉原様。——杉原爽香様ですね」

と、旅館の人から声をかけられた。

「はい」

「お電話が入ってます」

「どうも」

と、あわてて駆けて行く。

マッサージ椅子は、料金分だけ、空《むな》しく空気をもみ続けている。

「——もしもし」

と、フロントで電話を取る。「先生?」

「待っててくれたの? 出かけてても良かったのに」

「のんびりしに来たんですよ。それで、手術は?」

「今しがた終ったわ。胃の三分の二、取ったけど、元気よ」

「良かった!」

思わず目を閉じる。

「心配してくれて、ありがとう」

「先生こそ。今度は先生がストレスで胃を悪くしますよ。気持を切り換えて、元のペースに戻さないと。子供さんたちが待ってますよ!」

爽香の励ましは、布子の胸を打ったようだった。

「ええ。忙しくて、亭主のことだけに構ってられないの」

「河村さんだって、その方がいいんですよ」

と、爽香が言った。「帰ったら、お見舞に行きます」

「よろしくね。当分ベッドの上で退屈し切ってるわよ」

退屈でも何でも、生きているのだ！

爽香は、「おめでとう」と、何回もくり返した……。

——電話を切って、部屋へと戻った。

明男が畳の上に引っくり返って、眠っている。

「風邪ひくよ」

と、爽香はかけ布団を一枚出して来て、明男にかけてやったが、ふと手を止めると、自分もその布団の下へ滑り込んで、明男に寄り添って寝た。

「もう朝か……」

と、明男が寝ぼけた声を出す。

「まだ眠ってても大丈夫」

「うん……」

明男が爽香を抱き寄せる。

爽香は、明男の胸に顔を埋《うず》めて、じっとしていた……。

河村の病気。——それは、中学生のころから知っていた、身近な人が倒れるという、いつかはやって来る瞬間だった。

重くなくすんで、幸いではあったが、その出来事は、今、こうしてしっかり抱いている明男もまた――もちろん自分も――その瞬間を避けられない、という当然のことを思わせた。

まだ――たぶん――まだずっと先のことだろうけれど、この人はいつか私の腕の中から逃げていく。いや、逆に私が逃げていくのかもしれない。

爽香は、さらに強く、しっかりと明男の胸に顔を埋めた……。

治代は、いつもの通りに仕事を続けていた。

もちろん、今日の首尾が肝心だということは分っていたが、緑川と二人、河野を殺して死体を片付けるという大変な仕事をしてのけている。

それに比べれば、今、やろうとしていることは、大して困難ではないと思えた。

午後三時。――銀行が閉る時間だ。

電話は二十分たってかかって来た。

「はい」

「僕だ」

緑川の声は少し上ずっていた。「遅くなってごめん。たまたま入った支店に、同期のよく知ってる奴がいて、まずいと思ったんで、出て他の支店へ回ってたんだ」

「そうですか。間に合いましたか？」

机の電話なので、仕事の話に聞こえるよう、ていねいな言葉づかいをする。

「何とか、シャッターが下り始めたところへ滑り込んだよ」

「では予定通りでよろしいですね」

「一旦、僕のいた支店の休眠口座へ移した。そこから引出す」

「時間的には問題ございませんか？」

「大丈夫。抜け道はちゃんと心得てるよ」

と、緑川は言って、「君の声を聞くと、気分が落ちつく」

「恐れ入ります」

「君は――大した人だ。よくそうして冷静でいられるね」

「それはそちらも――」

「僕は、小切手を預け入れるだけで、冷汗をたっぷりかいたよ」

「どうかよろしく」

と、治代は言った。「またご連絡をお待ち申し上げております」

「うん。また連絡するよ。――今夜は会える？」

「そちらさえよろしければ」

「じゃ、また後で」

緑川は電話を切った。

治代は静かに受話器を置いた。——これでいい。

緑川はうまくやるだろう。

治代が仕事を続けようとしていると、また机の電話が鳴った。

「——はい、永山です」

部長からだった。空《あ》いた会議室へ呼ばれて、すぐに出向くと、

「とんでもないことになった」

と、治代の顔を見るなり言い出す。

「何でしょう？」

「河野のことだ」

「河野さんが何か——」

「死体で見付かった」

治代の顔に現われた驚きの表情は嘘《うそ》ではない。ただ、部長の方はそれを、「河野の死を聞いてびっくりした」のだと思った。

もう死体が見付かった？

治代はそのことに驚いたのだ。

「——何があったんでしょう？」

と、やっと口を開く。

「分らんが——警察の話では、湖に投げ捨てられていたらしい」

「まあ……」

「ちょうど、その近くの湖畔でキャンプしていた学生たちが、夜中に水音を聞いて、夜が明けてから見付けたそうだ」

キャンプ……。

上の道からは見えない位置にいたのだろう。

「じゃ……殺されたんですか、河野さん」

「そういうことだな」

「では、河野さんが何かお金を使い込んだという可能性は——」

「ますますあるとも!」

と、部長は言った。「そうでもなきゃ殺されることなんかあるまい。つまり、共犯がいたってことだ」

「共犯……」

「何か、それらしいことは?」

「あの——」

「何でも言ってみてくれ」

「一億円の小切手が見当りません」

と、治代は言った。

共犯。——部長は新しいシナリオを書いてくれた。

河野が見付かって、一億円を河野が持ち逃げしたという筋書は使えなくなったが、治代には
もともと罪を引き受けてくれる人——柳原がいる。

〈猿ヶ峠温泉〉の〈紅葉館〉。

そこに柳原はいる。

河野に代ってもらうつもりだったが、こうなっては仕方ない。

治代は、やはり柳原に死んでもらわなくてはならない、と改めて決心した。

20　罪ある人間

野口が、うっすらと目を開けた。

「野口さん」

と、布子が声をかける。「――聞こえる？　私の声が聞こえる？」

「あれ……」

と、野口は少しかすれた声で、「ずいぶん……はっきりした夢だな」

「野口さん。――私が分る？」

布子の顔を、まじまじと見つめていた野口は、ちょっと眉《まゆ》をひそめて、

「タヌキが化《ば》けてるんですか？」

と言った。

「まあ」

「――本物だ」

「本物よ」

と、布子は笑って、「どう？　痛むでしょう」

「痛いんですけど、そのくせよく眠れて……。ふしぎですね」

と、野口は言った。

日が傾いて、病室の中は少し薄暗くなって来ている。

「主人に代って、お見舞に来たの。主人、とても気にしているわ。あなたを代りに行かせたことを」

「そんな……」

と、野口は小さく首を振って、「河村さんが無事で……良かったです」

「でも……」

「黒木は？」

「まだ見付かってないわ」

「河村さんなら、必ず奴を捕まえますよ」

と、野口は言った。

「それが……」

と、布子はちょっと目を伏せて、「主人、倒れて入院してるの」

布子の説明を聞いて、野口は、

「そりゃ……大変ですね」

「でも、手術はうまくいって、後は休んで治すだけ。——あなたも、早く良くなってね」

野口は息をついて、

「じゃ……河村さんもお腹《なか》を切られてたんだ。——仲のいいのも、考えもんですね」

と言った。

「そうね」

と、布子は笑って、「——お見舞にはどなたか？」

「いや、僕は一人ぼっちで……」

「あら、本当？ じゃ、今度から何か食べるものでもこしらえて、持って来てあげますね」

「やあ、嬉しいです！ 奥さんの手料理なら、どんなにまずくても喜んで食べます」

妙なほめ方である。

「——主人に、何か伝えることは？」

「いえ……。ただ、お大事にと」

「ありがとう。伝えます」

と、布子は言って立ち上った。「じゃ、また」

「奥さん」

と、野口が呼び止める。

「何かしら？ ——欲しいものがあったら、何でも言って」

「一つ——お願いしていいですか」

「ええ、言ってちょうだい」

野口は、そっと右手をベッドから差しのべると、

「奥さんの手を握ってもいいですか」

と、おずおずと言った。

布子の方はびっくりして、一瞬言葉が出なかったが、差し出された野口の手を無視することもできず、無言のまま、そっと握った……。

しばらくして、野口の手が離れる。

「——すみませんでした」

「いいのよ。何か……役に立った？」

「痛みが軽くなりました。でも——奥さんに痛みが伝染しませんでしたか？」

「大丈夫のようよ」

布子は微笑《ほほえ》んで、「それじゃ、また……」

病室を出て、布子はちょっとの間立ち止っていた。

右手を見る。——たった今、野口の手を握っていた手である。

ふしぎな熱さが、右手に残っていた。

野口が自分に好意を持っていること——いや、たぶん、もっと熱い思いを抱《いだ》いていることが、

感じられる。

そんなことが？　野口はまだ二十六。あの爽香より若いのだ。

こんなに年上の私に？

しかし、握りしめて来た手の感触から伝わって来る彼の思いは、誤解しようのないものだった。

もちろん、こんなこともあるだろう。若いころの、小さな迷い道の一つとして。

布子は、ずっと年齢の離れた野口のことだけに、その少しこそばゆいような思いを、楽しむことができた。――夫に悪いという気持も起らない。

むしろ、自分への思いが、野口の回復を早めるのに役に立てば、などと考えていたのである……。


本当なら……。

分っていた。本当は、こんなことをしてはいけないのだと。

本当なら――警察へ通報して、黒木が現われたら逮捕してもらうのだ。

本当なら……。

しかし、結局、早川志乃は一人でN公園へやって来てしまった。約束の時間まで、あと十五分。

黒木が、本当に一緒に自首してくれるかどうか。志乃にも確信はなかった。それでも、黒木の言葉に真実がある、という方に賭けたのである。

——夜がふけると、もう真冬のように冷える。

黒木に言われた通り、公園の中の噴水までやって来て、待った。

周囲を見回しても、もうベンチで恋を囁《ささや》くカップルもさすがにいない。

周囲の木立ちや茂みのどこかから、黒木はこっちを見ているのかもしれない。

黒木が現われたとして、何を言えばいいのか、分らなかった。彼の言葉に嘘がないことを信じるだけだ。

志乃にとって、わずかに心が軽くなったのは、河村の奥さんから、手術が無事にすんだと連絡をもらったせいである。

「当分入院でしょうけど」

と、奥さんは言った。「もしお時間がありましたら、見舞ってやって下さい」

志乃の気持に、あの女《ひと》は気が付いている。女同士だ。志乃の思いを、敏感に感じ取っているだろう。

それでもああ言ってくれることが、嬉しかった。

——腕時計を見ると、あと五分で十一時だった。

そして顔を上げると、目の前に黒木が立っていて、志乃は思わず声を上げそうになってしまった。

「怖がることはないじゃないか」

と、黒木が言った。

「びっくりしただけよ」

と、志乃は何とか平静を取り戻して、「いつの間にか、そばにいるんだもの。――具合は大丈夫？」

しかし黒木は、それに答えず、

「警察へ言わなかったね」

と、念を押した。

「ええ、誰にも言ってないわ。信じてくれないの？」

黒木は、それでも不安そうに周囲を見回していた。

そして、志乃の手をつかむと、

「こっちへ来てくれ！」

強引に引張られて、志乃は危うく転びそうになりながら、

「待って！　引張らないでよ！」

と叫んだが、黒木は構わずどんどん公園の奥へと入って行く。

「どこに行くの？　――黒木さん！」

くり返し叫んでも、黒木の足は止らなかった。

「中へ入れ!」

公園の奥、金網で囲われた一画に、志乃は連れて行かれ、破れた金網の隙間《すきま》から中へ押し込まれた。

「黒木さん……」

「黙れ!」

黒木は、そこにあるプレハブ作りの小屋の戸を開けた。

「ここは何なの?」

「いいから入れよ」

仕方ない。——志乃は明り一つない、その小屋の中へ足を踏み入れた。

ゴーッという低い唸《うな》りが足下を揺らすようだ。——たぶん、公園内の水道や噴水に水を送っているポンプのようなものなのだろう、と志乃は思った。

外は寒いが、中はモーターの熱のせいなのか、暖い。

「昼間、ずっとここにいたんだ」

と、黒木が言った。「うるさくて眠れなかったけど、すぐに慣れる。——人間って、うまくできてるな」

「黒木さん……」

「座れよ。といっても、椅子はないけど。その辺に段ボールがあるだろ」

暗い中でも、少しずつ目が慣れてくると、中の様子もぼんやりと見分けられるようになって来た。

小屋の空間のほとんどを占めている大きな機械。コンクリートの床。

空気は淀《よど》んでいるようで、埃《ほこり》っぽかった。

「——一人で来てくれて嬉しいよ」

と、黒木が言った。「信用できるのなんて、お袋だけだからな」

「お母様が心配してらっしゃるわ。早く警察へ出頭しましょう」

と、志乃は言った。

「そう焦《あせ》るなよ」

と、黒木は呑気《のんき》に言った。

志乃は失望した。黒木が罪の意識に苦しんで、もっと怯《おび》えているかと思ったのだ。

「ここで、どうだい？」

と、黒木が言った。

「——何のこと？」

志乃が戸惑っていると、

「僕は、これで自首すりゃ、もう何十年も女なんか触れられないいんだ。最後に君を抱かせてくれよ」

志乃は耳を疑った。

「――何てこと言うの！　よく、そんなことを考えてられるわね」

「悪いかい？　君が僕を拒んだから、僕はあんなことをしたんだ」

「馬鹿を言わないで！」

志乃の声が震えた。「まなみちゃんを殺したのが、私のせいだって言うの？」

「僕は君に助けてほしかったんだ。でも、君は何もしてくれなかった」

「そんなこと……。あなた、何も言わなかったじゃないの」

「言わなくたって分るだろ！」

志乃は立ち上って、

「他人のせいにしないで」

と言った。「そうやって自分は被害者だとでも言いたいの？　殺されたまなみちゃんの苦しさや痛さを考えてみないの？」

「殺そうと思ってたわけじゃない」

と、黒木は言い返した。「あの子が騒いだからだ。おとなしく、言う通りにしてりゃ死ななかったんだ」

「そんな言いわけが通ると思ってるの？」

志乃は厳しく言った。「さあ、約束よ。行きましょう」

「どこへ?」

「警察よ。そう約束したじゃないの」

「そんな約束なんかしてないよ」

「何ですって?」

「一緒に行く、と言っただけだ。警察へ行くとは言ってない」

「ふざけるのもいい加減にして」

「ふざけてやしない」

黒木の手に、ナイフが光った。「一緒に行くさ。あの世へね」

志乃の顔から血の気《ちけ》がひいた。

「黒木さん——」

「でも君は自分で死ぬ気はないだろ。僕が殺してあげる。心配するなよ。僕もすぐ後から行く」

ナイフを手に、黒木が近付いて来る。

こんなことが……。こんなことって……。

志乃はとっさに戸口の方へと駆け出した。

小屋から出たところで、足がもつれて転んでしまう。

「逃げるなよ」

見上げると、黒木がのしかかるようにして、ナイフを振り上げていた。

「やめて！」

志乃が叫ぶ。

そのとき、パッとまぶしいほどの明りが二人を照らした。

「ナイフを捨てろ！」

という声。

そして鋭い銃声が公園の中に響き渡った。

21 今夜こそ

志乃は、全身の震えが止らなかった。

夜の公園。――寒さはほとんど感じない。

ライトに照らされて、黒木が倒れていた。刑事や、他にも大勢の人間が、辺りを埋《う》めていた。

志乃は、毛布をかけてもらっていた。

寒いから、というだけではない。志乃を殺そうとして、刑事の銃弾を受け、死んだ黒木の血を、志乃が浴びていたからである。

「――大丈夫ですか」

と、刑事がやって来て訊《き》いた。

「はい……」

生きている、という意味では「大丈夫」だが……。

「外へ出て来てくれて良かったです。踏み込むかどうか、迷っていたので」

「でも――どうしてここへ?」

志乃の頭が、やっと働くようになっていた。

「あなたを尾行していたんです」

「まあ……」

「きっと、黒木から会いたいと言われたら、一人で会いに行くだろうと」

「分ってらしたの？」

「河村さんから、そう言われていました。あなたから目を離すな、と」

「河村さんが？」

「入院先から、そういう指示があったんです。——くれぐれも、あなたの安全を第一に考えて、黒木を逃しても、あなたを守れ、と言われました」

志乃の胸が熱くなった。

「——通報しなくてはいけなかったのに、申しわけありません」

と、目を伏せる。

「いや、それぞれ立場というものがありますから」

という刑事の言葉は、志乃の胸を打った。

「しかし、危いところでしたね。ご無事で何よりでした。あなたの身に何かあれば、後で河村さんにどやされます」

と、刑事が微笑《ほほえ》んだ。

志乃は、布で覆《おお》われている黒木の死体を見つめていた。

あそこに――もしかしたら、自分も並んでいたかもしれないのだ。

河村が、志乃の身を気づかっていてくれた。――自ら、手術を控えていながら。

何という人だろう。

志乃は、どうしようもなく河村にひかれていく自分を感じていた。

妻子のある人なのだ。恋してみたところで、どうすることもできない。

しかし、どうにもならないと思うと、ますます想《おも》いはふくれ上った。

「――お送りしましょう」

と、刑事が言った。

「でも……いいんですか？　調書を取るのでは？」

「あなたは犯人じゃありませんよ。お話は伺《うかが》いますが、今日はお帰りになって、休んで下さい」

「ありがとう」

と、志乃は頭を下げた。

「パトカーで送らせます。じき、報道の連中がやって来る。その前に」

「はい」

言われるままに、志乃はパトカーで自宅へ送ってもらうことにした。血のついた服で、カメラにさらされたくない。

間一髪《かんいっぱつ》だった。——志乃の乗ったパトカーが走り出すと、TV局の車が何台もすれ違って行った。

今はともかく休むのだ。後に何が待っているかはともかくとして……。

列車を降りて、永山治代は改札口を抜けた。

少し遅れて、別々に乗っていた緑川が出てくる。

「——行きましょう」

と、治代は促《うなが》した。

「旅館のバスはないかな」

「もう遅いから、タクシーで行くしかないわよ」

「大丈夫かな」

「もう暗いわ」

治代と緑川は、客待ちのタクシーに乗り込んだ。

「〈紅葉館〉へ」

と、治代が言った。

タクシーが真暗な山道を走り出す。

二人は、どことなく人目を避ける様子で、うつむき加減にしていた。

運転手は、たぶん「不倫のカップル」と思っただろう。

そう思われた方がいい。——珍しくないはずだ。

目につくような変った取り合せだと、憶《おぼ》えていられることがある。

「——じきです」

運転手の言ったのは、そのひと言だけだった。

〈紅葉館〉に着いて、治代がタクシー代を払う。

「フロントも私がやるわ。あなたはロビーにいて」

と、小声で言って、玄関を入る。

柳原が通りかかったりしないか、素早く左右を見た。

「——ご予約は」

「昨日お電話した斉藤です」

と、治代は言った。

「お待ちしておりました。——お一人ですか？」

「連れはあちらに」

「失礼いたしました」

当然、「道ならぬ関係」の二人と思っただろう。〈斉藤〉という姓も、本名ではないと分っているに違いない。

「——ではご案内を」

治代がでたらめの住所と電話番号を書いたカードを渡すと、フロントの係はそう言って、出て来ようとする。

「あ、いいんです。荷物って、これだけですから。部屋、どう行けば？」

「よろしいですか？　これが部屋の鍵です。——この廊下を行って、階段を二階へお上り下さい。上るとすぐ右手です」

「ありがとう」

治代は、ロビーのソファに座っていた緑川の所へ行って、「——行くわよ」と言った。

フロントの前を通るとき、緑川は顔をわざと反対の方へ向けていた。

「——怪しまれなかったかな」

「これでいいのよ。あんまり堂々としてたら却《かえ》って変だわ」

「そうか」

緑川は、階段を上りながら、「——やれるかな」

「やるしかないわ。そうでしょ？」

「うん……」

「あなたに迷惑はかけたくない。でも、二人で始めたことですもの」

「分ってる」

部屋へ入ると、緑川はコートを脱いで、

「——肩がこってる。緊張《きんちょう》してるんだな」

と、首を左右へ曲げた。

「大丈夫よ。うまくいくわ」

治代は、緑川の顔を両手で挟《はさ》んで、キスした。そして、抱きしめようとする緑川の手をスルリと逃れて、

「後でね。——うまくいけば、ゆっくり眠れるわ」

と言った。

「うん。——後で」

緑川は、脱いだコートをハンガーにかけると、「どうやるんだ?」

「これで、この旅館へかける」

治代は携帯電話を取り出した。「柳原さんにつないでもらうわ。そして、今ここの駅にいるって言うの。私のこと、疑うわけがないから、旅館の前に迎えに出てもらうわ」

「それを待ってるのか」

「この旅館の近くは、ずいぶん暗いわ。いくらでも場所はあるわよ」

治代は穏《おだ》やかに言った。「でも、どこかで足を滑《すべ》らせたことにできれば一番いい。——外を見

に行きましょう。フロントの人に見られないように」

「OK」

緑川は肯《うなず》いた。

もう大分遅い時間なので、ロビーへ下りて行っても人影はなかった。

「却って、もう少し遅くなると、宴会とかを終って、ひと風呂浴びる人がいると思うわ。今の内に」

フロントにも人の姿はない。

治代と緑川は、旅館を出ると暗い小径《こみち》の方へと歩いて行った。


「――もう寝なきゃ」

と、涼子は布団から出ると、浴衣《ゆかた》をはおった。「また寝坊しちゃう」

「うん……。ぐっすり眠れそうだ」

柳原は息を切らしていた。

「いやよ、心中する前に、あなたが一人で心臓発作なんて」

涼子は布団に膝をついて、寝ている柳原のおでこをつついた。

「大丈夫だよ」

「無理して」

と、涼子は笑って言った。「私、もう一回お風呂に入って来ようかな。その方がすぐ眠れそう」

「うん、そうしたらいい。僕はもういいよ。これで熱い温泉に浸《つか》ったら、また明日、起きられない」

と、柳原は大げさに両手両足を広げて大の字になって、舌を出した。

涼子はふき出して、

「それじゃ、行ってくるね」

と、タオルを手に部屋を出た。

柳原は布団から起き上ると、電話へと歩み寄って、受話器を手にしかけて、ためらった。
一、二分、迷った後で、かけることにした。
相手は驚くほど早く出た。

「杉原です」

「あの……」

「柳原さんですね。お待ちしてましたよ」

爽香の言葉に、柳原はうなだれて、

「申しわけありません。ご心配をかけて――」

「それより、涼子さんは？」

「今、お風呂に」

「大浴場ですね。分りました」

「それで――」

「あなたは何も知らないことにして、寝ていて下さい。私もこれから大浴場へ行ってみます」

「よろしく」

と、柳原は言った。

「柳原さん」

「はあ」

「伺っておきたいんですけど、涼子さんだけが生き残ってもいいんですね」

「もちろんです!」

「彼女がどうしてもいやだと言ったら……。あなただけ生き残ったら?」

「それはできません。たとえ私だけやり損じても、後からやり直します」

と、柳原は言った。

「分りました」

と、爽香は言った。「ともかく、やってみます」

「どうかよろしく」

と、柳原は受話器を手に、深々と頭を下げた。

爽香がタオルを手にして、

「じゃ、ちょっと行ってくる」

と、声をかけると、TVを見ていた明男は、

「物好きだな」

と言った。「赤の他人だぜ」

「そうよ。でも、死なずにすむのなら、助けたい。そう思わない？」

「普通はそう思っても、何もしないよ」

と、明男は爽香を見て、「ま、君は普通じゃないからな。何しろ僕の奥さんだ」

爽香は笑って、

「戻るまで起きててよ！」

と、チラッとウィンクして見せた。

足早に大浴場へ向った爽香だったが、フロントの前を通り過ぎようとして、

「あら、何してるの？」

涼子が、玄関の上り口に立って、外の方へ目をやっていたからである。

「あ、爽香さん」

「お風呂？　私も。——そんな所にいると寒くない？」

「今まで彼と運動してたから」

「ごちそうさま」

二人は笑って、一緒に大浴場へと向った。

「——ちょうど私が来かかったら、表に出て行く二人連れが見えたの」

と、涼子が言った。

「こんな時間に?」

「ね、変でしょ? 何だろうな、あの二人、と思って」

「ご夫婦?」

「かな……。年齢は、私たちよりもう少し行ってる。三十くらい? 二人ともだけど、夫婦みたいじゃなかった」

「色々いるわよね」

「うん……」

爽香には、涼子の考えていることが分る気がした。

涼子と柳原も、夜に紛《まぎ》れて死に場所へ向おうとしたことがあるのではないか。

その二人連れも、もしや自分たちと同じことを考えているのでは……。

「さ、入りましょ」

脱衣所で手早く裸になると、「寒い!」

と、身を縮めながら、爽香は浴場の扉を開けた。

22　裏切り

柳原は、部屋の電話が鳴ったので、すぐに出た。

涼子からかかって来たのかと思ったのである。

「——柳原さん？　もしもし？」

女の声だが、涼子ではない。

「そうですが……」

「良かった！　永山治代です」

「ああ！　誰かと思ったよ」

柳原は、彼女にこの旅館の名前を教えていたことを思い出した。

「今——駅前なんです」

「駅前？」

「〈猿ヶ峠温泉〉に行く駅の……」

「何だって？」

柳原はびっくりして、「君――どうして？」

「ごめんなさい。でもね、とっても大変なことになってるの」

「大変って……」

「柳原さんが、会社のお金を使いこんだって」

「何だって？」

「誰かが、柳原さんのいないのを見て、罪をなすりつけようとしてるんだわ。でも、柳原さんの行先を言うわけにいかないし。お宅へ会社から問い合せが行って、柳原さんが奥さんに出張だと嘘をついて旅行に出た、というんで、怪しいってことになったのよ」

「――参ったな！」

「電話じゃ、詳しい話ができないし。お邪魔だと思ったんだけど、やって来ちゃった」

と、治代が言った。

「すまない。君にそんなことまで……」

「駅前からタクシーに乗って、そっちへ向うわ。どれくらいかかるかしら？」

「たぶん……十五分もあれば。夜だし、もっと早いかも」

「じゃ、悪いけど、旅館の外に出てくれる？　連れの方《かた》には聞かれたくないでしょ」

「そうだね……」

「それじゃ」

「うん。ありがとう。悪かったね」

柳原は受話器を置いて、「何てことだ！」

と呟《つぶや》いた。

十分か十五分でやって来る。——しかし、柳原は明朝には死ぬつもりでいるのだ。

「どうしたらいい？」

——どうせ死ぬのだ、と思えば、どうだっていいようなものだが、そんな会社の金の使いこみの責任までしょい込まされてはたまらない！

「ツイてないよ、畜生！」

と、柳原はグチった。


「貸切りだ」

と、涼子が楽しそうに言った。

「本当ね。今、ちょうど空《す》く時間なんだ」

爽香は、涼子と二人、大浴場のお湯に浸っていた。——こんなことがあるものだ。他の人間に聞かれたくない話をするのに、正におあつらえ向きに、二人きりになれた。

「爽香さんは、ハネムーン。いいなあ」

と、涼子が顎《あご》の辺りまでお湯に浸って言った。

「どうして？」

「だって、これから何もかも始まるわけでしょ。どんな可能性もあるし」

「あなたにだって——」

「私はだめ」

「——ねえ、涼子さん」

「何ですか？」

「一つ、訊《き》いていい？」

「ええ」

「あなた——柳原さんと死ぬつもり？」

涼子が目を丸くし、ポカンと口を開けて爽香を見つめた。

「——図星？」

「どうして……分ったんですか！」

と、涼子は言った。「柳原さんから聞いたんですか」

「あの人とは一切その話はしてないわ」

と、爽香は言った。「でも、直感的に分ったの」

「でも……。びっくりした！」

「本当はこっちよ、びっくりするのは」

と、爽香は言い返した。「あなたみたいな若い人が、どうして死のうなんて思ったのか、気になったの」

「それは……色々あって」

と、目を伏せた。

「もちろん、部外者の私に、それを止める権利はないかもしれないけど——。ね、それじゃ、一つ答えて。あなた、柳原さんに同情して一緒に死ぬんじゃないの？」

「それって——」

「つまり、柳原さんが何か、どうしても死にたくなるようなことをしでかした。『お願いだから、僕について来てくれないか』って……」

「いえ、それは——」

「だったら、やめなさい。そういう頼りない男はね、いざとなると死ぬのがいやになって、ひどいときは、あなた一人を死なせて、自分は逃げ出すかもしれないわよ」

爽香は、わざと柳原のことを悪く言っているのである。

こう言えば、涼子は柳原を弁護しようとする。それで本当の気持が聞けるかもしれないのだ。

「違うんです」

と、涼子が首を振って、「だめだって言うのを、無理について来ちゃったんです」

「本当に？」

と、わざと信じないふりをする。「彼をかばいたいのは分るけど――」

「そうじゃないんです！」

と、涼子は強調した。「むしろ私の方が勝手なんです。信じて」

爽香は何も言わなかった。当然、

「信じてない」

という印象を与える。

「ねえ、本当なんですよ」

と、少し情ない顔になって、涼子がくり返した。


「――もしもし」

柳原は部屋の電話がまた鳴ったので、すぐに出た。

「柳原さん？　永山治代です」

「あ、君……」

「今、もう旅館の前です」

「ごめん！」

と、柳原はあわてて、「こんなにすぐ着くと思わなかったんだ」

「あの――旅館の前から、庭へ入る小径《こみち》がありますね」

「え……。ああ、分るよ」

「じゃ、そこで待っています。出て来られます？」

「もちろん！　すぐ行くから」

と、柳原は電話を切ると、あわてて部屋を出た。

――旅館の玄関を出ると、例の公園風にしつらえた恋人たち用の（と決ったわけでもないのだが）遊歩道へ。

「永山君」

と呼んでみる。「――永山君？」

返事がない。

しかし、ここのことを言っていたのはまず間違いない。

「柳原さん……」

という声に、

「どこ？」

柳原は、遊歩道を奥へ奥へと進んで行った。

「――永山君」

足音が背後で聞こえて、柳原は振り返った。

次の瞬間、柳原は肩の辺りに鋭い痛みを覚えて、思わず声を上げた。

23　夢が崩れる

手が滑った。

いや、手もとが狂った、と言った方が正しいだろう。

柳原の後頭部めがけて振り下ろしたレンガは、柳原の肩を打っていた。

打たれた柳原の方は、それでも肩の痛みに呻《うめ》いて、よろけた。

「もう一度！」

と、甲高《かんだか》い声が響《ひび》いた。「頭を殴るのよ！」

柳原は膝をついて、振り返った。

照明の中に、永山治代の顔が浮かび上った。

「何してるの！　早くやって！」

そう叫んでいる治代の顔は、会社で柳原が見知っていた治代とは別人のようだった。

「――だめだ。できない。できないよ」

レンガを手にして立っていたのは、どこかで見たことのある男だったが、柳原には思い出せなかった。

しかし、今はそれどころではない。なぜか、その二人が自分を殺そうとしている、ということ。それだけは柳原にも分ったのだ。

どうして？——柳原にはわけが分らなかったが、考えている余裕はない。

ともかく、今は逃げることだ。

何とか立ち上って、痛む肩を押え、逃げようとした。

「何してるの！」

と、治代が叫ぶと、男の手からレンガをパッと奪い取って、「私がやるわ！」

治代は駆け寄って来ると、レンガを高々と振り上げ、柳原の頭に叩きつけようと——。

ヒュッと空気を切る音がして、治代が声を上げ、レンガを取り落とした。

「何してるんだ！」

と、駆けて来たのは、あの杉原というハネムーンに来ていた夫の方だった。

「邪魔しないで！　あっちへ行ってよ！」

「馬鹿なことはよせ。この人を殺すつもりか！」

と、治代が言った。

「放っといて！　あんたに関係ないでしょう！」

治代が食ってかかる。——男の方は、そのやりとりを見ていたが、

「僕はだめだ！」

と、突然叫んで、駆け出して行った。

柳原も思い出した。——あれは会社へ来ている銀行員だ。

「待って！　緑川さん！」

治代が呼ぶ。——そうだ。緑川という名だった。

「私を見捨てるの！　裏切者！」

ヒステリックな叫び声。

「どういうことなんだ？」

と、柳原が訊《き》いた。

「この女は、あなたを殺そうとしたんですよ！」

杉原明男が、柳原の腕を取る。「大丈夫ですか？」

「ありがとう……。肩が——」

治代がクルッと柳原たちの方に向き直った。

その目には憎しみが火のように燃えていた。

「柳原さん——」

「君、どうしたっていうんだ？」

「もう少しだったのに。——私の人生が、やり直せたのに」

治代は、かがみ込むと、取り落としたレンガを拾い上げた。

「やめろ！」

と、明男は怒鳴《どな》った。「そんなもので殺せやしないぞ」

「やってみるわよ。――あんたが邪魔さえしなければ」

「人を殺せば、自分を殺すことになるんだぞ。自分の中の大切な何かを失うんだ」

と、明男は言った。「手遅れにならない内にやめるんだ。僕には分る。後悔しても遅いぞ」

「何が分るって言うのよ！　いくら働いても、出来そこないの弟がお金を持ち出す。自分の未来に、何の夢も持てない人生を送ってる私の気持が分るの？」

「分るとも。少なくとも、僕は人を殺したことがあるんだ」

明男の言葉は、一瞬、治代をたじろがせたようだった。

「柳原さん！　早く逃げて！」

と、明男が柳原を旅館の方へと押しやった。

柳原があわてて駆け出したが、肩の痛みのせいもあって、どうしても足取りは重くなってしまう。

「待って！」

と、治代が叫ぶと、手にしたレンガを柳原に向って投げつけた。

「危い！」

と、明男が叫んだが、レンガは柳原の頭に当って、鈍い音をたてた。

明男が治代へと駆け寄り、その手首をつかんだ。

「もうよせ！」

「大きなお世話よ！　放っといて！」

治代は手を振り回して、明男の手から逃れようとしている。

レンガをぶつけられた柳原が、地面にうずくまっていた。明男も気になったが、治代を押えていないと自分も殴られる恐れがある。

しかし、大声を出しても、旅館まで聞こえるかどうか。

――そのときだった。

「明男！　いるの？」

と、駆けつけてくる人影が見えた。

「爽香！　ここだ！」

明男は精一杯の声で返事をした。「旅館の人を呼んでくれ！」

だが、そう言ったとき、もう爽香は柳原を見付けていた。

「爽香、この女が――」

「その人を捕まえてて！」

爽香は、柳原の方へ駆け寄ると、「大丈夫ですか？　聞こえます？」

と、呼びかけた。

柳原が、何とか体を起した。

チラッとそっちの方を見た明男は、レンガの当った傷から、血がいく筋も顔を伝い落ちているのを見て仰天した。

そして、爽香の後から、国井涼子がやって来た。

「――涼子」

と、柳原が言った。

涼子は、血だらけになった柳原を見て、一瞬絶句したが、

「どうしたの！　――凄い血よ！」

と、駆け寄った。「気を確かに！」

「ああ、大丈夫だよ。大したことはない」

「どうしようかと思った！」

涼子は、柳原に抱きついた。

「お願いだから」

と、明男が言った。「旅館の人を誰か呼んで来てくれないか」

「情ない声出さないで。すぐ呼んで来るから」

と、爽香が言って、旅館へと駆け戻っていく。

しかし、明男の苦労はそこで終った。

治代の体から急に力が抜けて、その場に座り込んでしまったのだ。——爽香たちがやって来て、観念したのだろう。

「殺さなくて良かったじゃないか」

と、明男は言って、息をついた。「人一人の命を奪うって、大変なことなんだよ」

治代は泣き出した。——地面に両手をついて、頭を垂れて、泣き出したのである。

そして一方の涼子も、血を流している柳原を抱きしめて、

「死なないで！」

と、泣きながらくり返していた。

「涼子——」

「お願い、死なないで！」

「しかし……」

「分ってる。心中しに来たのに、おかしいわよね。でも、あなたが血を流してるのを見ると——。ねえ、やめましょう。死ぬの、やめましょう！　生きていきましょうよ。二人で力を合せて」

「涼子、お願いだ」

「なあに？　何でも言って！　あなたのためなら何でもするわ」

と、涼子は言った。

「そんな大したことじゃないんだ」

と、柳原は言った。「あんまり——きつく抱きしめられると、痛いんだ、肩の傷が」

「あ……。ごめんなさい」

「いや、いいんだ。君の気持は嬉しいよ」

と答える柳原の目が潤んでいたのは、傷が痛んだせいだろうか……。


爽香が派手なクシャミをした。

「風邪ひくぞ」

と、明男が言った。「中に入ってろよ」

「うん」

と言いながら、爽香は旅館の玄関先から動こうとしなかった。

旅館の前にはパトカーと救急車が来ていて、夜ふけではあったが、何人かの客は、

「何ごとですか？」

と、出て来ては表を覗いていた。

救急車に柳原が乗せられ、運ばれて行く。涼子が一緒に乗って行った。

警官に付き添われて、手錠をかけられた永山治代が出て来る。

一旦、旅館の中で、逃げた緑川という男のことなどを訊問《じんもん》されたのである。

治代は、明男と爽香のそばで足を止めると、

「——ご迷惑かけました」

と、頭を下げた。

明男は首を振って、

「やり直せるよ。頑張って」

「ありがとう」

治代は促されて歩き出しかけたが、「あの……一つ、訊いても?」

と、爽香の方を振り向いた。

「ええ。何?」

「あの二人——『心中する』とか言ってたけど……」

「ええ、そうよ」

と、爽香は肯《うなず》いて、「あなたが何もしなければ、二人は死んでたかもしれないわ。それを、あなたは却って止めてしまったのね」

治代は少しの間、虚《うつ》ろな表情になって、それから笑い出した。

「——何がおかしいの?」

「私って、結局、何をやっても失敗してしまうんだわ。何とかそれから脱け出そうとして、思い切ったことをやったのに、それまで裏目に出てしまうなんて」

治代はゆっくりと首を振って、「おしまいだわ。何もかも」

と言った。

「それは違うわ」

と、爽香は言った。

「あなたなんかに分らないわ！」

「いいえ。聞いたでしょう？　私の夫は殺人罪で服役したわ。でも、今は立ち直ってる」

「本当なの？」

治代が驚いて、「出まかせを言ったのかと思ったわ」

「誰だって、今の自分以外の自分になりたいと思ってる。でも、それは他人を傷つけることでは決して実現できないのよ」

と、爽香は言った。

治代がパトカーに乗せられると、爽香は見送らず、明男を促して、

「部屋へ戻ろう」

と言った。「冷え切っちゃった。もう一回入って来ようかな、温泉」

「ふやけるぜ」

と、明男が呆れ顔で言った。

「ともかく――あの二人が心中するのは止められた」

「よくやったよ」

「あなたもね」

「野球なんて、やったこともなかったのに、小石を投げたら、あの女に当ったんだ」

「心がけよ」

「そうか」

「——私のね」

二人は顔を見合せて笑った。

それから、爽香は、

「クシュン！」

24　空いた部屋

「ただいま！」

〈Pハウス〉の玄関を入ると、爽香は受付の子に声をかけた。

「あ、お帰りなさい。明日かと思ってた」

「出勤はね。今日は、おみやげだけ置いて行こうと思って」

爽香は、みやげものの紙袋を受付のカウンターへ置いた。「ちょっと、中へ入れといてくれる？後で来るから」

「うん。いいわよ」

「ああ、疲れた！」

と、爽香は伸びをした。

「さては、よっぽど張り切ったのね？」

「何よ、変なこと言わないで」

と、少し赤くなって、「私って、よっぽど損な性格にできてるらしいの。仕事がないと、却《かえ》って疲れちゃう」

「いいじゃない、それって。私、いつでも代ってあげるわよ、奥さんの役」

「あの人はね、私じゃないとだめなの」

「よく言う」

「へへ」

と、ちょっと舌を出して、「何か変ったことは？」

「ええと……」

と、初めて受付の子は口ごもり、「あ、栗崎様」

と、爽香の肩越しに目をやった。

爽香は振り向いて、

「栗崎様。ただいま帰りました。本当にお世話になって――」

「お帰りなさい。顔を見せて」

と、英子は爽香の顔を両手で挟むと、微笑《ほほえ》みながら、「うん、幸せな顔をしてるわ。これなら大丈夫」

「恐れ入ります」

「ご主人は？」

「明男は、自分の勤め先に。後でこっちへも来ると思いますけど」

「そう。あなたの顔が見えないと、寂しいわよ。やっぱり、あなたにはいつまでもここにいてもらわなきゃ」

英子は、爽香の肩を抱いて、エレベーターの方へと歩き出した。

「あの……」

「何も言わないで」

英子は、指先を爽香の唇に当てて、「私が話すのを聞き終るまで、黙ってて。いいわね?」

「はい」

エレベーターに乗ると、英子は〈3〉のボタンを押した。

「——新しい映画の製作発表だったの」

と、英子は言った。「Tホテルで、にぎやかに行われたわ。私も主役じゃないけど、主役以上にていねいに扱われた。控室で、栄子ちゃんは、直前まで私の顔を直してくれてたわ。『今日はフィルムじゃなくて、TVだからビデオよ』って言ってた。『あんまりニコニコ笑うと、しわが出るから、少し澄ましてるくらいにね』って。——よく考えてくれたわ」

三階でエレベーターを降りると、〈304〉へと向う。

「記者会見でも私は好きなことを言って、みんな喜んでた。私って、ついサービス精神が出ちゃうのよね」

と、英子は言った。「会見を終って、控室へ戻ってみると、栄子ちゃんが椅子に座って居眠りしてる。起こそうとしたら、栄子ちゃん――ゆっくりと倒れた」

　爽香が足を止める。

〈３０４〉。――相良栄子の部屋の前に来ていた。

　英子がドアを開けた。

「栄子ちゃんは、眠ってるんじゃなくて、死んでたの。でも、全然苦しまなかったと思うわ。そりゃあ穏やかな表情で、いい夢でも見てる、って顔で死んでたのよ」

――部屋は、もう片付けられて、私物は一切残っていなかった。

　爽香は、しばし呆然として、空っぽになった部屋の中を見回していた。

「何か予感があったのかしらね」

と、英子は言った。「栄子ちゃん、言ってたの。『もし、あの子のハネムーン中に死んでも知らせちゃだめよ』って」

「そうですか……」

　爽香はメガネを外すと、涙を拭《ぬぐ》った。

「栄子ちゃんが、あなたにどんなに感謝してたか、とても口じゃ言えないわ。病院のベッドで寝たきりになりそうだったところを、私をスクリーンへカムバックさせて、栄子ちゃんまでみごとに立ち直らせた。この一年、あの人の活き活きと輝いてたこと！　悔いはなかったと思うわ」

「ありがとうございます」

「私にとって、無二の親友。失って寂しいけど、撮影所へ行けば、あちこちに栄子ちゃんの匂いが残ってる。声が響いてる。――だから、私は引退しないわ。毎日でも、撮影所へ、栄子ちゃんに会いに行く」

「ぜひ、そうしてあげて下さい。きっと相良様もお喜びです」

「私の映画をこれからはよく隅々まで見なくちゃね。どこかに栄子ちゃんが化けて出てるかもしれない」

「本当の〈友情出演〉ですね」

「そうね」

二人は一緒に笑った。

「――あら、ベッドが」

爽香は、見て回って、寝室にベッドが残っているのを見た。

ベッドは、もちろん入居者個人の持物である。

「ああ、それはね」

と、英子が言った。「栄子ちゃんのプレゼント」

「プレゼントですか」

「この〈Pハウス〉、当直の人が泊る部屋があるでしょ」

「はい」

「いつか、栄子ちゃんがそこを覗いてね、安物のベッドだったって。だから死んだらベッドは〈Pハウス〉へ寄付するって言ってたのよ」

「そうですか」

「遺族の人たちも、ベッドなんかもらっても困ると思ったんでしょ。異議は出なかったわ」

「ありがたいお話ですけど、こんな立派なベッド入れたら、あの部屋、一杯になっちゃう！」

「でも、栄子ちゃんの気持よ。受け取ってあげて」

「何とかします」

爽香はそう約束して、「——相良様にお線香なりあげたいのですけど、どちらへ伺えば……」

「そうね。一応、ご家族の住所とか聞いてあるけど、行かない方がいいかも」

「どうしてですか」

「あなたのこと、よく思ってないわよ、あそこの人たちは」

と、英子は言った。「憶えてる？　栄子ちゃんが、一度あなたに何か遺したいって言って、遺言状を書きかえるって、言い出したでしょう」

「はい、でもあの件ははっきりお断りしました」

「でもね、あなたを信用してない人もいるのよ。まあ、後でお墓参りでもした方がいいんじゃない？」

　爽香はすぐには返事ができなかった。

「——よく考えます」

　と、だけ答えて、「ここにも、また別の方が入られるんですね」

「そうね」

〈Pハウス〉は普通のマンションと違って、〈居住権〉を買うので、当人が亡くなると、その部屋はまた、別の人が〈居住権〉を買って住むことになる。

「爽香さん」

「はい」

「私の部屋がいつか空いたら……」

　すかさず爽香は言った。

「次は私が入ります」

エピローグ

「せっかく来てくれたのに、ごめんなさいね」

と、河村布子は言った。

「いいえ」

爽香は首を振って、「ともかく河村さん、無事で良かったです」

「そうだよな。見舞に来てもいい、となったら、知らせて下さい」

明男がそう言った。

明男と二人、爽香は、初めての休日に、河村の入院先を訪れたのである。

しかし、河村は「二人と会いたくない」と言い張っている。

「分ってね。今の自分の姿に、とっても苛立《いらだ》ってるの」

「じゃ、帰ります」

爽香はそう言って、明男と二人、病院を後にした。

「――河村さんにとっても、大変だったろうな、手術」

「そうね」

と、爽香は肯《うなず》いた。

――ハネムーン気分も、もう忘れなくてはならない。

「ね、スーパーに寄って帰ろう」

「いいよ」

と、明男が肯く。

「――あの、永山治代って人……」

「ああ、一人殺してたんだって」

「直接手を下したのは、緑川って男らしいけど、結局、あの女が操ってたのね」

「そんな女にも見えなかったけどな」

「ずっと、自分を抑えて生きて来た。――それが何かのきっかけで爆発したんだわ」

「怖いな」

「でも、だからって他人を傷つけていいわけじゃないわ」

「うん……。それを見失うんだな、時々」

「世の中に仕返ししたくなる。でも『世の中』って人はいないわけだから」

「誰でもいい、手近な人間を、ってことにもなる」

と、明男は肯いて、「刑務所にも、そう言ってるのがよくいたよ」

「ねえ、自分が、傷つけられる身になったらって思ってみれば——」

爽香は足を止めた。

花束を手に、一人の女がすれ違って行く。

「——どうした？」

「今の人……。たぶん……」

——河村へ思いを寄せているという女性教師ではないか。

布子の話を聞いていたので、爽香は直感的にそう思ったのだ。

もちろん、河村は大丈夫だろう。——いつもの河村なら、だ。だが、人間、病の床にあると、人のやさしさが身にしみるものだ。

布子も教職に復帰する。子供の面倒もみなくてはならない。そう毎日病院へ通っていられなくなるだろう。

あの女性教師が、河村の心に入りこむことにならなければいいが……。

「——でもさ」

と歩き出して、明男が言った。「あの、柳原って人と涼子って女性、どうして心中しようとしてたんだ？」

「さあ」

と、爽香は肩をすくめた。

「聞かなかったのか」

「うん」

「そうか。——ま、色々あるからな。でも、心中だって、よく分ったな」

「ああ、それは鞄の中を見たときね」

「鞄って？」

「取り違えた、うぐいす色のバッグ。あの中に、可愛い便せんが入ってて、何度も〈遺書〉って書き直したボールペンの跡が残ってたの」

「それで分ったのか」

「ただね——」

と、爽香は苦笑して、「〈遺書〉の〈遺〉の字が、〈貴《とうと》い〉だけになってて、〈貴書〉だったんだけど」

と言った。

二人は、一緒に笑い出した。

「——さ、スーパー、今日は何が安いかな」

と、爽香が張り切って言った。

初出誌「CLASSY.」（光文社刊）一九九九年十一月号〜二〇〇〇年十月号

解説

山前《やままえ》　譲《ゆずる》
（推理小説研究家）

「お父さん、お母さん、長いことありがとうございました」

ついにと言うべきか、ようやくと言うべきか、杉原爽香が両親にこんな挨拶《あいさつ》をする日が来ました。振り返れば十二年前、『若草色のポシェット』で十五歳の元気な中学三年生として我々の前に姿を現わした爽香も、もう（失礼！）二十七歳になったのです。相変わらず童顔のようですが、花嫁という言葉に相応《ふさわ》しい女性に成長しました。シリーズ第十三作となる『うぐいす色の旅行鞄』（「CLASSY.」平11・11〜12・10）でのウェディング・ドレス姿はなかなか素敵です――あくまでも想像しての話ですが。

彼女の隣に立つ新郎は、中学三年生のときに出会った丹羽明男です。一年に一作ずつきちんと刊行されている爽香のシリーズを、第一作から順序よく読んできた人ならば、結婚式場にふたりが並ぶ姿を見て（読んで）、きっと涙が浮かんでくるでしょう。これまでたくさんの事件にかかわってきた爽香ですが、シリーズの根底にはいつも明男との恋愛模様がありました。まさしく紆余《うよ》曲折《きよくせつ》の恋で、ひと口には語れないほどふたりのあいだにはいろいろなことがあったのです（**以下、これまでの物語を簡単に振り返りますので、未読の方は注意してください**）。

第一作で転校生としてクラスにやってきたのが丹羽明男でした。爽香との学生らしい爽やかな交際は周囲も認めていましたが、明男を溺愛《できあい》する母親の周子が爽香を嫌ったことから、しだいに茨《いばら》の道を歩むようになります。大学生になるとふたりの仲は疎遠《そえん》になってしまいました。明男に母がすすめる刈谷祐子というガールフレンドができたからです（『琥珀《こはく》色のダイアリー』）。爽香の性格からいって、相手を束縛《そくばく》するようなことはできませんでした。少しずつ明男と距離をとっていきます。ですが、彼を嫌いになったわけではもちろんありません。

明男が大学教授の妻と不倫騒《ふりんさわ》ぎを起こし、ついには心ならずも人を殺《あや》めてしまったとき、頼りにされたのはやはり爽香でした。逃亡を助けもしましたが、結局、明男は逮捕《たいほ》され、短いながらも実刑判決を受けます。思いもよらぬ刑務所生活をおくることになった明男を支えたのも、高齢者向けのマンションで一所懸命に働く爽香でした。父親の病気や兄の借金問題など、家族のトラブルも絶え間《たま》なくあったなか、いつも自分の恋心を確認していた爽香です。

前作の『藤色のカクテルドレス』で働きはじめた仮釈放中の明男は、爽香との結婚を約束しました。これまでの彼女の人生からすれば、そう簡単にことは運ばないような気もしたのですが、案に相違して(ごめんなさい)、無事に結婚式当日を迎えます。河村太郎・布子夫妻を媒酌人《ばいしゃくにん》とする披露宴《ひろうえん》も滞《とどこお》りなくすみ(ちなみに河村夫妻もシリーズの途中で結婚しました)、式場となったホテルに一泊したあと、とある温泉へと向かいます。ようやくふたりだけのハネムーン……と思ったら、友人の今日子も付いてくるのが爽香らしいところです。

ハネムーンだからといって事件は容赦《ようしゃ》してくれません。旅館に、爽香たちと同じ旅行鞄を持った曰《いわ》くありげなカップルがいたことから、またもや爽香のスリルとサスペンスに満ちた物語がはじまるのです。そして東京では、事件に追われる河村刑事にショッキングな事実が伝えられます。爽香の花嫁姿が見られるじつにめでたいシリーズ第十三作ですが、のんびりとしていられたのは披露宴までなのです。

ふと気がつくと、周囲の友人知人に「結婚式」という話題があまり上らない年代となってしまいました。すでに結婚ウン十年か（ちょっとオーバー）、もう結婚の二文字を自分の辞書から削除《さくじょ》してしまったか……。結婚式への出席も数年に一度というペースになっていたところ、先日、久し振りに軽井沢での挙式に列席する機会がありました。

新緑に囲まれた素敵なティーサロンでの、ごく少人数の結婚式と披露パーティでしたが、和《なご》やかな楽しい一日を過ごすことができました。ウェディング・ドレスの花嫁は、世界で一番の幸福を手にしたかのようでしたが、この瞬間が幸せでなければ結婚する意味はないでしょう。そして、これからもずっとそのまま幸せにと願っていたのはもちろんです。

結婚式の話題から遠ざかってしまったのは、なにもこちらが年を取ったせいばかりではありません。結婚するカップル数が着実に減っているのです（離婚率のほうは増えているようですが）。女性の労働者としての役割が増しているのにもかかわらず、働きながら子供を育てる環境がなかなか整わない日本では、結婚、そして出産という人生を選ぶのにためらいを感じる女性も少なくありません。ただでさえ結婚適齢期とされる二十代後半の人口が減少傾向にあるなか、出生率も低下し、人口の伸びが鈍化《どんか》している日本です。

また、結婚するよりも、いまの独身生活を楽しむほうがいいと考える人も多いようです。これまで他人であった相手との共同生活は、たしかに煩《わずら》わしいことが多々あるでしょう。それぞれのライフ・スタイルを尊重《そんちょう》しつつ、新たなふたりの生活の場を作っていかなければならないのですから。

最近の流行語に「パラサイト・シングル」というのがありました。親と一緒に住んでいる独身者のことですが、たしかに家賃や食費の面でずいぶんとメリットがあり、経済的に余裕があります。結婚をして一家を構えるとなれば、なにかと物入りですし、拘束されることもあるでしょう。できるだけ独身生活を謳歌《おうか》したいと思う人が増えるのも理解できないわけではありません。

しかし、いくつかの（いくつもの？）デメリットがあるのを知りつつも、彼と、あるいは彼女と一緒に暮らしたいと情熱的になるのが人間です。正式の婚姻《こんいん》関係にあるかどうかはともかく、好きな人のそばにいつもいたいと思うのは自然の感情でしょう。それが恋です。恋心は人間の感情を豊かにし、日々の生活を充実《じゅうじつ》させていきます。結婚を意識しだした女性を主人公とする赤川さんの長編『ヴァージン・ロード』には、その時期の感情の機微《きび》が描《えが》かれていました。

結婚にいたるまでの経緯《けいい》はいろいろで、出会いの瞬間もカップルそれぞれです。なにかしらきっかけがなければ、これまで別々であったふたりの人生は交差しません。赤川さんは『結婚案内ミステリー風』で結婚相談所を舞台にしていましたが、たとえ結婚願望があったとしても、男女それぞれに希望があります。パーフェクトな組合わせはなかなかないでしょう。縁《えん》とは不思議なものですが、いつ運命の赤い糸で結ばれた人と出会うのかは誰も分かりません。

杉原爽香と丹羽明男は中学校のクラス・メイトでしたから、よくある出会いと言えるでしょうか。ただ、初対面の場所は殺人事件があったばかりの学校でしたから、こちらはよくあることとは言えません。親友の死体を教室で発見してショックを受け、校庭でぼんやりしていた爽香の肩にそっと触れてきたのが明男でした。叫び声を上げるのと同時に、足をけっとばしたのが爽香らしいところです。おかげで明男は警察の取調べを受けてしまいますが、まさに運命的な出会いでした。

丸顔で、クリッとした大きな目。元気そのもののような、よく陽焼けした頰《ほほ》の爽香。長身でスポーツマンの明男。十五歳のふたりが結婚するまでこのシリーズがつづくとは、第一作の時点で誰が予想したでしょうか。

だいたい、赤川作品のシリーズ・キャラクターたちは、最初から結婚している今野夫妻以外、結婚にあまり縁がありません。永井夕子と宇野警部の恋愛期間はすでに二十年を超えました。三毛猫ホームズの前には素敵なオス猫が現われたこともありましたが、関心はなかったようです。飼い主の片山兄妹もまだ結婚しそうにありません。大谷努警部は極度のマザコンが邪魔《じゃま》をしています。佐々本家の三姉妹は学生ですからまだ結婚には早いでしょう。塚川亜由美は結婚絡みの事件にばかり遭遇《そうぐう》しているのに、当の本人は学生生活をエンジョイしています。

「天使と悪魔シリーズ」のふたり（？）もちょっと結婚のイメージが浮かびません。例外的に南条姉妹の姉・麗子が結婚しているほかは、年を重ねることがなかなか許されない人気シリーズ・キャラクターに結婚は難しいようです。そうそう、大貫警部は既婚者ですが、どうやら奥さんに逃げられたらしいので、法律上はともかく、現在は独身と言えます。

こうしてみると、運命的な出会いから結婚式までが描かれてきた杉原爽香は、赤川作品のなかでは特別な存在です。彼女の周囲にいる人達は、心のどこかに弱いところをもっていました。これまでは爽香は、自分のことはさておいて、周囲の人のケアをつづけてきました。どんな時にも弱音を吐かず困難に立ち向かっていました。その爽香が思いを貫いて結婚までこぎつけたのです。誰もが心から祝福したに違いありません。

自分に正直に生き、とうとう丹羽明男との結婚式を挙げた二十七歳の秋。たとえどんな事件に巻き込まれようとも、杉原爽香にとって人生最良の季節となったはずです。我々もまた、晴れやかな爽香の笑顔に接することができて、幸せのお裾《すそわ》分けをいただいた気分です。さて、つぎはベイビィの誕生でしょうか？

赤川次郎ファン・クラブ

三毛猫ホームズと仲間たち

入会のご案内

赤川先生の作品が大好きなあなた！〝三毛猫ホームズと仲間たち〟の入会案内です。年に４回会誌（会員だけが読めるショート・ショートも入ってる！）を発行したり、ファンの集《つど》いを開催したりする楽しいクラブです。興味を持った方は、必ず封書で、〒、住所、氏名を明記のうえ80円切手１枚を同封し、下記までお送りください。おりかえし、入会の申込書をお届けします。

〒112-8011
東京都文京区音羽１－16－６
㈱光文社　文庫第一編集部内
「赤川次郎Ｆ・Ｃに入りたい」の係

光文社文庫

文庫オリジナル／長編青春ミステリー

うぐいす色《いろ》の旅行鞄《りよこうかばん》

著 者 赤《あか》川《がわ》次《じ》郎《ろう》 12. 9. 30

2000年9月20日 初版1刷発行

発行者 濱 井 武
印 刷 大 日 本 印 刷
製 本 大 日 本 製 本

発行所 株式会社 光 文 社
〒112-8011 東京都文京区音羽1-16-6
電話 (03)5395-8149 編集部
8113 販売部
8125 業務部
振替 00160-3-115347

ISBN4-334-73048-5 Printed in Japan

お願い　光文社文庫をお読みになって、いかがでございましたか。「読後の感想」を編集部あてに、ぜひお送りください。

このほか光文社文庫では、どんな本をお読みになりましたか。これから、どういう本をご希望ですか。

どの本も、誤植がないようつとめていますが、もしお気づきの点がございましたら、お教えください。ご職業、ご年齢などもお書きそえいただければ幸いです。

光文社文庫編集部

光文社文庫　目録

大沢在昌　新宿鮫
大沢在昌　毒猿　新宿鮫II
大沢在昌　屍蘭　新宿鮫III
大沢在昌　無間人形　新宿鮫IV
大沢在昌　銀座探偵局
大下英治　銀行喰い
大下英治　虚業紳士
太田蘭三　殺人猟域
太田蘭三　夜叉神峠 死の起点
太田蘭三　箱根路、殺し連れ
太田蘭三　殺人熊
大西巨人　迷宮
大藪春彦　砂漠の狩人
大藪春彦　野獣死すべし
大藪春彦　血の来訪者
大藪春彦　諜報局破壊班員
大藪春彦　日銀ダイヤ作戦
大藪春彦　優雅なる野獣

大藪春彦　不屈の野獣
大藪春彦　マンハッタン核作戦
大藪春彦　野獣は甦える
大藪春彦　野獣は、死なず
大藪春彦　復讐の弾道
大藪春彦　狼の追跡
大藪春彦　復讐のシナリオ
大藪春彦　俺に墓はいらない
大藪春彦　裁くのは俺だ
岡嶋二人　コンピュータの熱い罠
岡嶋二人　殺人者志願
岡嶋二人　殺人！ザ・東京ドーム
小川竜生　天敵
小川竜生　不祥事
小川竜生　崩壊
小川竜生　極道ソクラテス
落合信彦　魔軍《キラー・ウイルス》
折原一　鬼《おに》面《つら》村の殺人

折原一　猿島館の殺人
折原一　「白鳥」の殺人
折原一　蜃気楼の殺人
折原一　望湖荘の殺人
折原一　黄色館の秘密
笠井潔　哲学者の密室(上・下)
笠原靖　ウルフ街道
笠原靖　影のドーベルマン
風間一輝　片道切符
勝目梓　密室の狩人
勝目梓　鬼畜の宴
勝目梓　真夜中の使者
勝目梓　霧の殺意
勝目梓　狂悦の絆
勝目梓　愉悦の扉
勝目梓　罠
勝目梓　鬼刃
勝目梓　禁じ手

光文社文庫 目録

勝目梓 覗くなかれ
勝目梓 甘美な凶器
勝目梓 日蝕の街
勝目梓 闇路
勝目梓 私設断頭台
門田泰明 黒豹撃戦
門田泰明 黒豹狙撃
門田泰明 帝王コブラ
門田泰明 黒豹叛撃
門田泰明 帝王コブラ2
門田泰明 黒豹伝説
門田泰明 吼える銀狼
門田泰明 黒豹ゴリラ
門田泰明 黒豹皆殺し
門田泰明 黒豹列島
門田泰明 皇帝陛下の黒豹
門田泰明 黒豹必殺
門田泰明 さらば黒豹

門田泰明 黒豹キルガン
門田泰明 黒豹スペース・コンバット（上・中・下）
門田泰明 黒豹夢想剣
門田泰明 黒豹忍《しのび》殺し
門田泰明 黒豹ダブルダウン（全7巻）
門田泰明 黒豹ラッシュダンシング1
門田泰明 黒豹ラッシュダンシング2
門田泰明 黒豹ラッシュダンシング3
門田泰明 黒豹ラッシュダンシング4
門田泰明 黒豹ラッシュダンシング5
門田泰明 黒豹ラッシュダンシング6
門田泰明 黒豹ラッシュダンシング7
門田泰明 暗殺者 村雨龍 魔龍戦鬼編
門田泰明 暗殺者 村雨龍 空撃死弾編
門田泰明 暗殺者 村雨龍 殺神操作編
門田泰明 修羅王ドラゴン
門田泰明 白い密室
門田泰明 白の断層

門田泰明 狂瀾のメス
門田泰明 人妻鬼
門田泰明 撃墜
門田泰明 超獣閃戦（上・下）
門田泰明 白の乱舞
門田泰明 火線列島
門田泰明 蒼の病層
門田泰明 無明灯
門田泰明 妖婦鏡
門田泰明 神泣島
門田泰明 擬装重役
門田泰明 妖撃閃弾
門田泰明 暗闇館
門田泰明 負け犬の勲章
門田泰明 成り上がりの勲章
門田泰明 官僚たちの勲章
門田泰明 頭取たちの勲章
門田泰明 重役たちの勲章

門田泰明　粉飾者たちの勲章
門田泰明　闇の総理を撃て
門田泰明　妖　戀
門田泰明　兇　襲
かんべむさし　人事部長極秘ファイル
菊地秀行　妖　魔　淫　殿
菊地秀行　妖　魔　姫 I
菊地秀行　妖　魔　姫 II
菊地秀行　妖　魔　姫 III
菊地秀行　狂　戦　士
菊地秀行　妖美獣ピエール
菊地秀行　淫　界　伝
菊地秀行　妖獣界紅蓮児 I
菊地秀行　妖獣界紅蓮児 II
菊地秀行　聖　杯　魔　団
菊地秀行　外　道　記
菊地秀行　淫　邪　鬼
菊地秀行　聖　美　獣

菊村　到　その夜の人妻
北方謙三　錆（さび）
北方謙三　標　的
北方謙三　雨は心だけ濡らす
北方謙三　風の中の女
北方謙三　不良の木
北方謙三　明日の静かなる時
北方謙三　ガラスの獅子
北方謙三　夜より遠い闇
北沢拓也　人妻ですもの
北沢拓也　闇を抱く人妻
北沢拓也　人妻上司
喜多嶋　隆　恋とは何か君は知らない
喜多嶋　隆　ヨコスカ・ガールに伝言
喜多嶋　隆　カモメだけが見ていた
喜多嶋　隆　君は、ぼくの灯台だった
喜多嶋　隆　サンセット・ビーチで逢おう
喜多嶋　隆　ロバートを忘れない

喜多嶋　隆　ソルティ・ドッグが嘘をつく
喜多嶋　隆　ジュリエットが危ない
喜多嶋　隆　わたしが許さない
北森　鴻　冥府神《アヌビス》の産声
栗本　薫　グルメを料理する十の方法
胡桃沢耕史　美少女探偵事務所
小池真理子　殺　意　の　爪
小池真理子　プワゾンの匂う女
小池真理子　う　わ　さ
小杉健治　犯人のいない犯罪
小松江里子　ママチャリ刑事 I
小松江里子　ママチャリ刑事 II
小松左京　日本沈没（上・下）
小松左京　日本アパッチ族
斎藤　栄　日美子の「最後の審判」
斎藤　栄　日美子の帰還《リターン》
斎藤　栄　二階堂警部《さしとる》バレンタインの謎
斎藤　栄　神戸「五重トリック」殺人